魔女たちのアフタヌーンティー

内山 純

角川文庫
24023

母に。

目次

招待状《プロローグ》

Where there's tea, there's hope.

お茶あるところに希望あり（アーサー・ウィング・ピネロ）

「アッサムブレンドのミルクティーよ」

女主人《ホステス》は、金彩《きんだみ》で縁取られた白磁のティーカップを差し出した。まろやかそうな香《こう》色《いろ》の液体を湛《たた》えている。

年代物のソファに腰かけた招待客はティーソーサーをおずおずと左手で支え、右手の指先でカップの持ち手をおぼつかなげにつまんで、口もとに運んだ。

ひとくち飲んだとたん、柔らかい笑みが浮かぶ。

女主人は満足そうにうなずいた。

一面の掃き出し窓から春の陽射しが惜しげもなく降り注いでいた。二人きりの応接間《ドローイングルーム》を埋めるかのように、細かい塵《ちり》が天井高の空間にチラチラと舞い踊る。

客は、改めて室内に視線を巡らせた。白亜の大理石の暖炉、凝った木彫り模様が美しいアンティークピアノ、深緑と浅葱《あさぎ》と茜色《あかねいろ》が複雑に織られたペルシャ絨毯《じゅうたん》、金糸のタッセルでまとめられた浮き出し模様の地厚のカーテン……

猫足の肘掛《ひじかけ》椅子に背筋を伸ばして座る女主人は、ローテーブル上のバスケットを持ち上げると上部の白ナプキンをそっと広げた。

「〝クリームティー〟に欠かせないのが、これ。左手で取ってね」

客は恐る恐る手を差し出し、上下が平たいテニスボール大のパンを取った。

「……あったかい」

「英国式スコーンよ」女主人もひとつ取ると、示すように両手で持つ。「こうして、手で上と下に分かれるように半分に割るの」

客は見よう見まねで割ったスコーンを、カップとお揃いの金彩で縁取られた小皿に置いた。頂上の平らな小山が、半ばですぱっと分断されたかのようだ。

女主人はふたつの小ぶりな容器を指す。表面にうっすら黄みがかった膜の張ったクリームと、真っ赤なジャム。

「クロテッドクリームとイチゴジャム。どちらでもお好きなほうからつけてね」

「クロテッド？」

「濃厚な牛乳の上澄みを固めた、イギリスの伝統的なクリームのことです」

客は迷った末、先の丸いナイフでクリームを掬《すく》うと、割られた生地面にまんべんなく塗り、その上にジャムをこんもりと載せた。女主人の視線を気にしつつ、それでも口を大きく開けてかぶりつく。

「……おいしい」

「ようございました」女主人は先にジャムを薄く塗り、その上にクリームをナイフで平たく押しつけた。「私はこちらの〝コーンウォール式〟が好き。クリームが先に口の中でとろけて、あとで生地に染みこんだジャムの甘みが感じられるのがいいのよ」

訝《いぶか》しげな客に、クリームを先に載せるのは〝デヴォン式〟だと説明する。

「それぞれイギリスのクロテッドクリーム発祥の地にちなんだ名前で、どちらのほうが美味《おい》しいかは永遠の論争ね」

客は納得したようにうなずいた。

「おいしいって、大事だものね」

二人は、静かに言葉を交わしながら午後のひとときをゆったりと過ごした。

カップも皿も空になり客が立ち上がると、女主人は薄紫のカードを差し出した。

「次の日時が決まったらまた知らせるわ。それまでに決めておいてね」

客はそれをチラリと見ると、困ったように首をかしげた。

「でも」

「美味しいお茶とお菓子、そしてこの空間が」女主人はゆったりと室内を見まわす。

「きっとあなたを後押ししてくれますよ」

客は応接間を出てから再びカードを見直した。

『次回のお茶会にごしょうたいいたします

あなたが大切に思う方をおつれください』

ため息をつき、つぶやく。

「大切に思う方……か」

第一章　魔女の屋敷でダージリン

There are few hours in life more agreeable than the hour dedicated to the ceremony known as afternoon tea.

人生の中で、アフタヌーンティーと呼ばれる式典に捧げられる時間よりも心地よい時間は
ほとんど無い　（ヘンリー・ジェイムズ）

「まったく、どこから入ったらいいのよ」

前屋《まえや》敷真《しきま》希《き》は腰に手を当て仁王立ちし、眼前の巨大な門を睨《にら》みながら言った。

古色蒼然《そうぜん》とした薬医門《やくいもん》は柱も扉も朽ち果てており、人の出入りの気配がない。チャイムも見あたらない。少し下がって背伸びしてみるが、門の背後にはビル三階分ほどの高さの木々がうっそうと茂るのみだ。おびただしい数の枝葉は四月下旬の爽《さわ》やかな陽射しを浴びつつも、なぜだか怪しげに揺れていた。

「もう五日も続けて来ているのに、玄関にさえ辿《たど》り着けないなんて」

単独で物件の下見に来るとつい独り言が漏れてしまう癖が、真希にはあった。二十代の賃貸営業部のころに身についたもので、売買仲介の営業部を経て三十二歳で開発部に抜擢《ばってき》されて以降も、それは変わらなかった。

大振りのショルダーバッグから色褪《いろあ》せた水色の紙ファイルを取り出して開き、一枚のみの資料、不動産登記情報、通称『謄本』を眺める。古い資料箱の中から見つけたものだが、〝お宝〟に違いないと真希は確信していた。

港区《みなと》白金台《しろかねだい》は、応永《おうえい》年間に開墾され白金村の名で開かれた歴史のある地域だ。現在は高級住宅街として全国的に有名で、真希が今いる七丁目のこの界隈《かいわい》は大通りから一本入っており、ひときわ立派なお屋敷が並んでいる。

その中でもこの敷地は一六八〇㎡という広大な面積を有している。謄本によれば所有者は『松下純子』さんで、『昭和63年法務省令第37号附則第2条第2項の規定により移記』とあるので、少なくとも二十七年以上この女性が土地を所有していることになる。

ぜひとも我が社、都内大手の不動産会社であるミノベ不動産で松下さんの敷地を買い取り、グレードの高いマンションを建てたい。だが、ここに住むと思われる彼女の電話番号はわからず、手紙を出しても音沙汰《おとさた》なしだ。

このような場合、営業員は現地に赴いて情報を得ようと試みる。真希も何度も敷地付近を歩いてみたが、閑静な住宅街には聞き込みができそうな店舗等がなく、彼女に会う術《すべ》をいまだ見つけられていなかった。

今日も、微《かす》かな手がかりでもないものかと敷地の道沿いをぐるりと巡ってみる。一周、約五分。古びた石垣や高い竹垣が続くのみで、中の様子はさっぱりわからない。裏口も見つけられない。

歩きながらファイルの紙をめくり、裏面に殴り書きされた文字を眺めた。

『プラチナの魔女』

昔の営業員が書いたものだろう。うっそうとした森のような白金台《プラチナ》の土地所有者になかなか会えず、こんなふうに呼びたくなったのかもしれない。

「魔女だけに」また独り言が飛び出す。「ほうきに乗って飛んで入るとか？」

自分のジョークに笑えず、がっくりと肩を落とす。

ぎゅっと目を閉じ、深呼吸を試みた。冷静に、冷静に……。

目を開けると、おかっぱ頭の女の子が立っていた。

小学校低学年だろうか。薄紫色のランドセル、ピンクのTシャツ、グレーの細身のパンツ姿のその子は、真希を見るなり逃げるように去っていった。

少女は忽然《こつぜん》と現れたかのようだった。道路の右側は松下家の敷地で竹垣が連なり、反対側は寺の敷地の石塀が続いている。

あの子、松下家の秘密の出入口から出てきたのでは？

真希は走りだした。ハイヒールと重い鞄《かばん》に辟易《へきえき》としながらも大通りまで全力疾走する。彼方《かなた》にランドセルが見えた。最近の運動不足を呪いつつ走り続け、ようやく近づいたので声をかける。

「あの……！」

少女は一瞥《いちべつ》をくれるとスピードを増し、あっという間に見えなくなった。真希は膝《ひざ》に手を置き、犯人を逃した刑事よろしく肩で息をする。

ああ、アラフォーを実感。

だが突破口が見つかったかもしれない。

「あの子が、鍵《かぎ》になりそうだわ」

未決ファイルの中の資料が謄本のみということは、過去にアタックした営業員は所有者にたどりつけずにあきらめたのだろう。

私は絶対に探し出してやる。為《な》せば成るのだ。

ハードな交渉が多く、女性が活躍するのは困難だと慣例的に思われてきた部署で、真希はガンガン突き進むスタイルで営業成果をあげてきた。他の営業員……特に男性社員から「前屋敷は〝猪突《ちょとつ》猛進〟型だな」と嫉妬《しっと》とからかいまじりにささやかれているのも知っている。おおいにけっこう。誉め言葉だ。この案件もがむしゃらに突き進んでみせる。

しかし、同時に不安もあった。

先月、とんでもない失態をやらかした。あの大きなポカのあと、第一線の華々しい営業員から「古い紙資料のデータ化」という、言わばパソコン入力作業員へ格下げされてしまった。今はまだ開発部に所属しているが、この先いつ左遷されるかもわからない。

この土地が起死回生のチャンスになるはず。慎重に、だがスピーディーに。まずは所有者と会うのだ。その第一歩は、松下家に出入りしていると思われる小学生を見つけることだ。

視力二・〇の真希は、ランドセルにぶら下げられた布袋に記された、地元白金台の「第三小学校」の文字をしかと捉《とら》えていた。

おかっぱ少女を探せ。

翌日、早朝出勤して猛スピードで本日分のデータ入力作業を昼過ぎに終え、真希はさっそうと立ち上がった。小学校の下校時刻はこれからのはずだ。

外出の支度をしていると、若槻萌《わかつきもえ》が寄ってきた。

同じ開発部の営業員で、一年前に配属された女性だ。三十路《みそじ》の手前。小柄で、いつもきっちりとメイクし、肩下までのウェーブヘアを完璧《かんぺき》に整え、パステル色のフェミニンな服装を好み、ほんわかした印象を醸している。世間知らずのお姫様の風情でいながら、交渉相手をいつの間にか自分のペースに持ち込む営業スタイルが得意だ。

一方、真希は長身でショートカット、最低限のメイクと機能的な黒のパンツスーツが基本で、営業は体育会系のノリで押しまくるタイプ。

共通項は〝女子〟だけなのに、なにかにつけ真希と競ってくるように感じられるため、彼女と関わるのは少々面倒だった。

「真希さん、今日は髪型アレンジしたんですか？　襟足が跳ねているのもステキですぅ」ギリギリに起きたので整える暇がなかっただけだが、黙って微笑んでおく。「小耳に挟んだんですが、白金台七丁目の案件、やってるんですってね」

相談したのは直属の上司の桜坂《さくらざか》部長だけだから、彼から聞き出したのだろう。〝俺様〟体質の部長も懐柔してしまうあたりはさすがで、情報収集能力は抜群なのだ。

真希はややそっけなく答えた。

「出かけるところなんだけど、なにか？」

「いろいろと聞き込みしてきたんですよぉ」親身そうな口調だ。「だって真希さんには開発部に復帰してほしいですもの」

まだいちおう開発部所属だから勝手に追い出すな。

「その所有者、『プラチナの魔女』って言われているんですが、理由はご存じですか」

　さすが情報通。とりあえずありがたく拝聴する。

「どうしてなの？」

「八年ほど前に荒川《あらかわ》さんっていう優秀な営業マンがあの土地に興味をもって、丹念に調べたそうです」

　彼は、所有者は年配の女性で敷地内に住んでいるらしいと突き止めた。

　現地に赴き敷地や周囲の写真をたくさん撮ったところ、偶然、所有者と思われる女性の姿が写り込んでいた。営業員数人でその写真を共有し、交替で毎日訪ね、荒川はついに会うことができたが「土地は売らない」と即座に追い返された。しかしそのほぼ同時刻に、別の営業員が写真の女性を目黒《めぐろ》の駅ビルで見かけていた。

「どういうこと？」

「その女性は」萌は眉《まゆ》をひそめる。「白金台の自宅から徒歩二十分以上かかる目黒駅へ、あっという間に飛んだんですよ」

　バカバカしい。

「ちょうどそのころ、すでに退職していた七十代の営業員が久々に会社に遊びに来たんですが、その写真を見て叫んだそうです」

　――二十年前に見かけたマツシタジュンコさんは自分より年上だと思っていたのに、

この写真はそのころと寸分も変わっていない！

「年を取っていないってこと？　整形でもしたんじゃないの」

「松下純子さんは、家にいるはずの時間にうちの社の営業員が雅叙園《がじょえん》の前の坂にいたことを知っていたり、別の営業員が駅前でチラシを配っていたのを見たと言ったり、不思議なことが続いたんです。いろんな噂が飛び交ううち荒川さんはすっかり病んでしまって、写真を破り捨てて会社を辞めたそうです。最後に……」

萌は思わせぶりに一度言葉を切り、甘ったるい低音でつぶやいた。

「『あそこには魔女がいる。白金台《プラチナ》の魔女だ』って言い残して」

ちょっぴり不穏なものを感じながらも反論する。

「荒川さんは仕事がうまくいかなくて疲れてしまっただけよ」

「噂だと、荒川さんより前にトライした営業員たちも悲惨な末路を辿《たど》ったとか」

「……都市伝説でしょ」

「ですよねぇ」萌は一瞬だけ目を輝かせた。「真希さんも魔女に取り込まれないよう、お気をつけて」

一抹の不安をぬぐえぬまま、真希は小学校前で下校する子供たちを注視した。

気にするな。萌は、私を動揺させるためにあいまいな噂話を吹き込みにきたのだ。

心配なそぶりを見せているが、私が左遷されれば彼女は開発部のトップに躍り出る可能性が高まるのだから。

薄紫のランドセルが目の前を通った。あの子だ。あとをつける。タイミングを見計らって声をかけ、怪しいものではないと説得し、魔女……いや松下さんの家に出入りしているのか聞き出す作戦だが……

少女の歩みは驚くほどゆっくりで、せっかちの真希にはイラつくペースだ。もっとシャキシャキ歩いたらどうなのよ。あ、また止まった。道端の、虹《にじ》とユニコーンが描かれたカフェ看板を凝視している。そろそろ話しかけるべきか。いざとなるとなかなか難しい。

二メートルほど後ろで様子を窺《うかが》っていると、少女と似た背丈のランドセル姿の女子二人が真希の脇を通り過ぎ、ぼんやり立つ彼女に近づいた。通り過ぎる際、一人の肩が当たっておかっぱ少女は大きくよろめいた。

わざと？

右側の子が彼女に顔を近づけてなにか言った。真希には、その口が「ノ・ロ・マ」と動いたように見えた。

小学生女子のいじめは陰湿かつ容赦ないなあ。

実を言うと真希は子供が苦手だ。大学時代の親友、貴恵《きえ》に子供が生まれたときに会いに行ったベビーは、未知の生物だった。意思疎通のできない相手は〝嫌い〟というより〝恐い〟のだ。

目の前の少女たちは赤ちゃんではないが、苦手な範疇《はんちゅう》であることは間違いない。さて、どうする。

彼女たちは連れ立って大通り沿いの公園に入っていった。

〝どんぐり公園〟と呼ばれる五十坪ほどの見晴らしのよい公園は、ハイソな雰囲気のお母さんが高機能のベビーカーを押していたり、ラルフローレンのポロシャツを着た少年が大型リモコンカーを操作して遊んでいたりする。数本の立木がほどよく木陰を作っており、ベンチや木製テーブルも多い。丁寧に手入れされた花壇や人が常駐する事務所もあり、管理が行き届いているなあと感心する。

少女三人は入口に近いベンチに腰かけた。

真希は携帯を取り出して通話しているふりをしながら前を通り過ぎた。両脇の二人が、中央のおかっぱ少女に話しかけている。

「さっき『あなたは人魚?』って言いにきたけど、どういう意味? ウザいから私に近づかないでよ」

「朝、あたしには『イボイボ』って言ったでしょ。みのりっていっつも不気味。気持ち悪いから消えて」

二人は、無表情のおかっぱ少女を肩で小突きだした。おしくら饅頭《まんじゅう》のように左右からぎゅうぎゅう押しながら、目を輝かせて笑っている。

そういうの嫌いなんだよね。

真希は携帯をしまうと、三人の前に立った。

「こんにちは」

にこやか且つ、一歩も引かぬオーラを前面に出す。

両側の少女たちは一瞬はっとしたが、すぐに小馬鹿にしたような視線をよこしてきた。負けずに話しかける。

「たまたま通りかかって聞こえてしまったんだけど、真ん中の女の子に対してちょっと冷たいんじゃない？　もう少し優しく……」

二人は同時に、それぞれのランドセル脇にぶらさがっていた手のひらサイズの四角い黄色のプラスチックを握った。

なんだろう。笑顔を崩さず名刺を取り出す。

「怪しい者じゃないわ。なんならこの会社に問い合わせてもらってもいい。友達なら、もう少し違った言い方があるんじゃないのかしら」

少女たちは名刺を見つめていたが、うなずきあうと立ち上がった。

「いこ」「へんなの」

一瞥《いちべつ》を残し、二人は駆けていった。

真希はほっと息を吐き、みのりの隣にへたり込む。子供が苦手なくせに、余計な世話を焼いてしまった。

視線を感じ、みのりを見る。

少女の前髪は自分で切ったかのように不揃いだった。無表情ではあるがどこかのほほんとした雰囲気を漂わせ、こちらをじっと見上げてくる。

「みのりちゃんと呼ばれていたわね。大丈夫？」名刺をそのまま渡す。「私、前屋敷真希っていいます。つい、見ていられなくて」

みのりは名刺を受け取った。

「あの子たち、いつもあんな感じなの？　先生とかに相談したことある？」

反応なし。

感謝してほしいわけでもないが、なにか言ったらどう？

ようやく、少女は口を開いた。

「……マエ……？」

「まえやしき」真希はペンを取り出し、ひらがなを書き添えた。「珍しい苗字《みようじ》でしょ。祖父が……私のおじいさんが九州の鹿児島県出身で、そちらには何人かいるそうよ。祖先はお屋敷の前に住んでいたのかも」

返事はない。真希は続けた。

「昨日、私と会ったんだけど、覚えている？　白金台七丁目の、森の中みたいな敷地の脇の道路で。そこって、魔女の屋敷……じゃなくて、年を取った女の人が住んでいるおうちかしら。もしかしてその人と会ったりしていたら……」

少女は急に立ち上がった。

「待って。あのね、別に紹介してもらおうとかそういうことではなく……」

「あれは、ボーハンブザーだよ」

みのりはそれだけ言うと突然駆けだし、あっという間にいなくなった。

ふいに気づいて驚愕《きょうがく》する。いじめっ子たちが握っていたのは防犯ブザーだったのか！　管理室もあるこの公園で鳴らされていたら、どうなったことか……

そして、松下家の入口の鍵《かぎ》も消え去った。ああ、大失敗。

ところが数日後、鍵は向こうからやってきた。

「小学生の女の子がこれを置いていきました」

会社の受付から渡されたメモ用紙を開くと、『あさって　2時　公えん』と大きくエンピツで書かれていた。会社が目黒駅のそばで白金台の学校からさほど遠くないとはいえ、低学年の子がここまで来るのは大変だったろう。彼女は私に感謝してくれたのかもしれない。なんだか嬉《うれ》しかった。

二日後の土曜日、真希はいつもの黒のパンツスーツではなく、優しげに見える水色のワンピーススーツを着て、念のためパンプスではなくスニーカーを履き、公園へ赴いた。みのりが座っていたベンチに腰かけて待つが、時間になっても姿はない。いたずらだったのだろうか。それとも約束を忘れちゃったとか。四月にしては妙に蒸し暑い日で、バッグに入れておいた紅茶のペットボトルを数口飲む。

二時二十分。

おかっぱ頭がのんびり揺れながらやってきたときは頬ずりして抱きしめたくなったが、平静を装い立ち上がった。

「連絡をくれてありがとう」

「あなたはジジの変身した姿?」

……ジジィには見えないはずだ。ババァでもないし。

答えに窮していると、彼女は急に歩きだす。

「どこへ行くのかしら」

「マエの、ヤシキ」

名前を呼ばれたのかと「はい」と返事をすると、みのりはぽかんと見あげてきた。

「マエの、ヤシキに、いく」

真希と少女は、最初に出会った道に立った。「マエの、ヤシキ」とは、〝前〟に二人が出会った〝屋敷〟に行く、という意味だったのだ。

少女は、ひょいと屈《かが》んで草のはみ出た竹垣を押した。魔法のように、そこに六十センチ四方の隙間ができた。彼女は軽々と入っていく。パンツスーツで来ればよかったと後悔しながらスカートの裾《すそ》を押さえ、しゃがんで隙間をくぐる。

予想どおりのうっそうとした森が広がっていた。

背の高い木々が屹立《きつりつ》し、雑草は膝《ひざ》までも伸び、道はない。気温が二度ほど下がったように感じられたのは気のせいか、あるいは草木が放つオゾンの賜物《たまもの》だろうか。いずこからか鳥の声も聞こえた。

みのりはすいすいと木立を縫っていく。一人だったら確実に迷子になりそうなので必死にあとを追うと、ふいに視界が開けた。

小公園ほどの空間が森の中にぽっかりとあいており、その中央に、純和風の堂々たる二階建て木造建築物が鎮座していた。

藍色《あいいろ》の瓦葺《かわらぶき》屋根、丁寧に塗られた白の漆喰《しっくい》壁、立派な軒天の付いた玄関……築年は相当経っていそうだが、左右対称の調和のとれたフォルムは、まさに〝お屋敷〟と呼ぶにふさわしい気品を湛《たた》えている。建物と周囲の緑が生み出す厳粛さに圧倒されるとともに、ぞくぞくするような興奮を覚えた。こういう凜《りん》とした建物、好きなんだよね。

みのりはぴょんぴょん飛び跳ねながら進み、玄関前に立つ。

色褪《いろあ》せた木材を使用した格子の引き戸には、市松模様の美しい型板ガラスが塡《は》められている。真希は目を瞠《みは》った。この面の微妙な歪《ゆが》み具合はもしかして、希少で高価な昭和ガラスでは。

「スーさ〜ん」少女が大声を出した。「スーさ〜〜〜ん！」

「ドアチャイムとか、ないの？」

真希を無視し、ひらけゴマの呪文《じゅもん》のように「スーさん」を連呼する。

突然、ガラリと戸が開いた。繊細なガラスが割れやしないかと、真希は思わず半歩前に出る。

やせぎすの、銀縁メガネをかけた神経質そうな中年男性が立っていた。口元の小さな皺《しわ》や白いものが交じる頭髪から、五十代後半から六十代前半ほどと推測する。ぱりっとしたホワイトシャツに上質の臙脂色《えんじいろ》のニットのベスト、紺のスラックスという出《い》で立ちは、〝昭和のサラリーマンの休日姿〟といった風情だ。

男性は吟味するように二人を何度か見比べたのち、少女に話しかけた。

「みのりちゃん？」

彼女がうなずくと、彼は気難しげに顎《あご》を引き、踵《きびす》を返した。松下純子さんの旦那《だんな》さんだろうか。高齢女性の一人暮らしだとぼんやり予想していたが、これは、心してかからねば……。

室内に入ったとたん、真希は息を飲んだ。

静謐《せいひつ》で、気高い空気を湛えた玄関。

天然石と思われる不規則な形状の黒石が敷かれた土間、落ち着いたベージュの漆喰塗壁、艶《つや》のある黒松の柱が、厳かに客を迎えている。

式台の代わりの平たい白石は巨大な大理石だ。上がり框《がまち》のすぐ先には上品な椿が描かれた金屏風《きんびょうぶ》が置かれている。どちらもかなりの逸品であろう。

ふと顔を上に向けると、美しい木目の天井から微《かす》かにヒバの香りがした。贅沢《ぜいたく》なかぐわしさだ。

仕事がら大邸宅を見慣れている真希も、優美すぎる玄関に漠とした不安を覚えた。

〝魔女〟ならぬ、神通力をもつ〝巫女《みこ》〟でも出てきそうな気配……。

みのりはメガネの男性に続き、さっさと靴を脱いで上がっていく。真希も慌ててスニーカーを脱ぎ、小さな水色の運動靴の隣に置いた。よく似た靴が並び、ふと照れる。母と子みたい。少女が来客用スリッパを履いたので、真希もそれに倣う。

屏風の脇を通り過ぎると、正面に豪壮な両開きの樫材《かしざい》の扉が待ち構えていた。メガネの男性は扉の片側を押し開けて中へ入った。みのりの後から、真希も室内へ足を踏み入れる。

「……うわぁ」

真希の予想を軽々と超えた、魔法のような光景がそこにあった。

中世のイギリス貴族の館《やかた》のような豪華絢爛《けんらん》な洋間は、五十人の招待客がワルツを踊れそうなほど広々としている。内装はヴィクトリア様式だ。どっしりしたペルシャ絨《じゅう》毯《たん》が敷かれ、臙脂色が基調の壁には豪奢《ごうしゃ》な金額縁に囲われた油絵が並び、高い天井からは巨大なシャンデリアが吊《つ》るされていた。暖炉、ソファセット、凝《こ》った装飾の施されたピアノ、伝統的な布張りのランプシェード、紫のヒヤシンスが活《い》けられたバカラの花瓶などが、一見ランダムなようでいて絶妙なバランスを保って配置されている。

これだけ豪華な家具や装飾品をたくさん並べると成金趣味に陥りかねないところだが、この客間には、気高い品格と堂々たる風格が備わっていた。

片側一面の掃き出し窓からは春の光がさんさんと差し込み、この部屋の中だけ時が二百年前に戻ったかのようで、真希は微かな眩暈《めまい》を覚えた。

なんて、なんて麗しい部屋なの。

しかし驚きはそれだけではなかった。真希の目が釘付《くぎづ》けになったのは、中央の長椅子にゆったりと腰かけている若い男性だ。

切れ長の瞳《ひとみ》と通った鼻筋。形のよい唇と細い顎、微かにあどけなさが残る青年は、真っ赤な絹のガウンを纏《まと》っていた。

なぜ、ガウン？

メガネの男性とみのりは気にする様子もなく、青年の向かいの単椅子にそれぞれ座った。

「お揃いかしら」

奥のアーチ状の出入口から、巨大な木製ワゴンを押しながら女性が現れた。

上から下まで黒ずくめだ。

顎くらいまでのボブの髪も、丈の長いゆったりとしたワンピースも、ストッキングもスリッパも黒。

ひょっとして、この人が魔女？　黒ずくめだから？　いや、たまたま今日が黒い服なだけだろう。

彼女は真希を見つめた。

慌てて名乗ろうとしたが、その前にみのりが立ち上がりポシェットから薄紫色の紙片を出して掲げると、真希を指して言った。

「マエヤシキさん。ええと」首をかしげたのち、目を輝かせる。「おつれした」

「そういうこと」彼女は紙片を見つめたのち、柔らかい笑みをこちらに向けた。「ようこそ、前屋敷さん。みのりちゃんのお連れさまとして歓迎します」

つられて真希も笑みを返す。

女性は五十代後半から六十代後半のどこかだろう。黒い服と対照的に肌が白く、目尻《めじり》や口の端に皺はあるものの肌理《きめ》が細かくて艶やかな顔だ。眉《まゆ》はまっすぐで、黒目勝《めが》ちの瞳がキラキラと輝いている。薄い唇にはピンクのルージュ。童話に出てくる悪そうな魔女のイメージとはほど遠い。

「ええと」少女は数秒固まったのち、真希に顔を向け、女性を指して続けた。「スーさん。このお屋敷の人。それでええと、ご主人」

「正確には女主人《ホステス》ね」彼女は少女の頭を優しくなでた。「すごいわ、みのりちゃん、ちゃんと紹介できるなんて」

純子は〝ジュンコ〟だと思っていたが、〝スミコ〟と読むのかもしれない。だから〝スーさん〟か。噂どおり二十年前と容姿が変わらないとしたら美魔女だ。

みのりちゃんのおかげでようやく会えた。このまま流れにのって松下純子さんとぜひ親しくなりたい。

真希はスーに向かって深々と頭を下げた。

「みのりちゃんに付いてきてしまいました。よろしくお願いします」

彼女は「お好きなところに座ってね」と手をぐるりと回した。改めて室内を見渡す。

そわそわするほどゴージャスな装飾なのに、気持ちが落ち着いてきた。ホステスの柔らかい雰囲気のせいかもしれない。

真希が青年の隣にそっと座り黙礼すると、彼は小さく会釈を返した。足元には濃紺のバッグ。端に白抜きのローマ字。

『SHIROKANE ST PAUL HIGH SCHOOL』

この近くの有名な中高一貫の私立校で、偏差値はかなり高い。その生徒がなぜガウンを着てここにいるのか。スーさんの子どもか親戚《しんせき》だろうか。

そのほかにも山のように疑問が湧き出ていたが、この場に慣れるまで質問は控えておくことにする。

スーがソファのすぐ横にワゴンを移動させ、上にかけられていた白い布ナプキンをゆったりと取った。

目が吸い寄せられる。

様々な形状と模様のティーカップ七、八客が、それぞれ独自の美しい艶を放って存在感を示していた。ワゴンの下段には、大皿数枚の上にプチケーキやミニプリン、クッキー、サンドイッチなどが華やかに盛られているのが見て取れる。

真希は微かな興奮に駆られた。これはいわゆる〝お茶会〟ではなかろうか。大学生のころアフタヌーンティーが流行《はや》り、友人たちとホテルのカフェに体験しにいったことがある。背伸びをして飲んだ紅茶の味はよくわからなかったが、自分がレディになったような、大人びた気分を味わったものだ。

個人のお宅で、しかもこんな麗しい応接間でのお茶会に参加できるなんて、と舞い上がったのち、ふいに緊張した。どうしよう、マナーがわからない。

スーがこちらを見て、女神のように微笑んだ。

「小さなお茶会ですから、堅苦しく考えずに過ごしてください」

真希は救われた気分で、固まっていた肩をそっと上下に動かした。

「ありがとうございます。こういう会は初めてでして。もしなにか失礼があったら遠慮なくご指摘ください」

彼女は涼しげに目を細めてうなずく。下心があって来ていることがちょっぴり後ろめたいほど、優しそうな女性だ。

「カップはお好みのものを選んでね」

メガネ男性がいち早く立ち上がり、深緑に鹿の絵が描かれたものを手に取った。彼の左手首には文字盤が黒のロレックスエクスプローラーⅡ。尊大で独善的な雰囲気を醸しつつも機能的な腕時計をチョイスしているあたり、中小企業の社長というよりは大手企業の専務か常務といった役職かな、と真希は抜け目なく観察する。

みのりはカップたちを見つめたまま彫像のように固まっていたので、スーが金彩《きんだみ》の縁取りの付いた白磁のものを彼女の前に置く。

青年は手を伸ばし、一番手前のを取った。ロイヤルブルーが基調の金のリーフ模様。彼の動作は少し緩慢だが、どこか品の良さを感じさせた。

「これ、使っていいですか」

「どうぞ、蒼梧《そうご》くん」

互いの口調から、蒼梧はスーの息子ではなさそうだと推測する。

真希は立ってワゴンに近づき、色とりどりのカップをじっくり眺めた。それぞれ風合いがあり、少女が迷うのもうなずける。時間をかけては申し訳ないので、目についた伊万里《いまり》焼風の濃い色を選ぶ。カップもソーサーもほんのり暖かかった。

スーは一度姿を消すと別の小ぶりなワゴンを押して戻ってきた。細密な葉の模様が彫られた丸いフォルムのヤカンが細い三脚に載っている。その下の小さなオイルランプは、ゆるゆると火を灯《とも》していた。

お湯をあたたかいまま保つ趣向か。すごい。

同じワゴンに載った背の高いティーポット、砂糖入れ、ミルクピッチャーはすべて銀製で、午後の陽射しを浴びてつやつやと輝いていた。そのほかに、ガラスの丸いポットも用意されていた。

「今日は、こちらにしましょう」

スーがそのワゴンの下の籠《かご》から小ぶりの缶を取り出した。中央に〝THE DARJEELING〟とある。

「ピュッタボン茶園。ダージリン最古の茶園だ」中年男性が缶を見つめ、目を輝かせた。「SFTGFOP1とは最高ランクですね」

「そのとおりです」魔女はうなずく。「ずいぶんと詳しくなられましたね」

「せっせと通った甲斐《かい》があるというものだ」彼は真希を見ると、子供が得たばかりの知識を披露する時のような自慢げな笑みを見せた。「宇津木《うつぎ》といいます。こちらにお邪魔するようになってから、紅茶についていろいろ勉強しましてね」

彼はスーの旦那《だんな》さんではなく、お茶会の常連客のようだ。堅苦しい第一印象だったが、相好を崩したとたんに人間味が出て、親しみを感じた。

「それはステキですね。宇津木さん、ご面倒でなければ私にも教えていただけると嬉《うれ》しいです」

真希が本心から言うと、彼は顎《あご》を引いた。了解、という意味だろう。

スーがヤカンを持ち上げ、透明なポット二つになみなみとお湯を注いだ。湯気がもわっと立ち上がる。

紅茶缶を開け、小ぶりのスプーンでそれぞれの湯に四さじ茶葉を入れ、すぐに蓋《ふた》をした。ガラスポットの中の茶葉は、待ってましたとばかりに熱湯の中で立ち踊る。真希はうっとりと見つめた。この茶葉のダンスを愛《め》でるために、ポットが透明なのかもしれない。

　スーは壁際のピアノの前に行き、木彫りの装飾が施された蓋をそっと持ち上げた。黄ばんだ鍵盤《けんばん》が見える。本物の象牙《ぞうげ》だろうか。彼女は背もたれのない四角い椅子に座ると、おもむろに弾きだした。

　耳なじみのあるゆったりとしたクラシック音楽。タイトルはわからない。視線を泳がせると、宇津木がつぶやいた。

「シューマンの『トロイメライ』は三分少々。ちょうどいい蒸らし時間でしょう」

　茶葉を蒸らす間《ま》をピアノ演奏で測るとは。

　ピアノとオルガンの中間のようなあたたかみのある音が、天井の高い空間にまろやかに響く。その旋律とガラスポット内の茶葉の舞いがリンクしているように感じられ、心が和んできた。

　曲が終わると彼女はワゴンに戻り、ガラスポットを持ち上げて銀器のポットに中身を移した。直接カップに注ぐのではないようだ。

　銀のポットを持って、スーが優雅な足取りで皆をめぐる。蒼梧、みのり、宇津木、真希の順に紅茶を注いだ。予想よりも濃い紅色の液体がカップを満たす。

　香りがあたり一面に広がった。微《かす》かに甘いような、香ばしいような。

真希はどちらかというとコーヒー党で、たまに紅茶を飲むときはティーバッグをカップにちょいちょいと浸すのみだ。

こんなふうにゆったりと紅茶を淹《い》れてもらってステキだなあ。まだ一口も飲んでいないのに、もう気持ちがほぐれている。

スーが中央のローテーブルに、茶色くごつごつした角砂糖が盛られたシュガーポットと、ほんのり湯気の出ているミルクポットを置いた。

真希は気を利かせるつもりで、みのりに声をかけた。

「お砂糖とミルク、使う？」

シュガーポットの脇に添えられたトングに手を伸ばしかけると、宇津木がとっさに手をあげ、空咳《からせき》をしたのち言った。

「念のため申しますと、それは女主人《ホステス》の役目です。シュガートングはホステスの象徴的なアイテムなので」

真希は感心しながら手をひっこめた。

「そうなんですか。知らずに失礼しました」

スーは慣れた様子でトングを持つ。

「イギリスの正式なアフタヌーンティーはそのようですが、ここでは自由にしてもらってかまわないわ」

みのりのカップに一つ砂糖を入れてやる。少女はミルクを断り、全体に細かい波模様が彫られたスプーンでくるくると紅茶をかき混ぜた。他の客たちはストレートでいいらしく、トングの出番はひとまず終了だ。

いやあ、いろいろが楽しすぎる。

内面が顔に出やすい真希の探求欲を察したのか、宇津木がこちらを見ながらカップをソーサーごと持ち上げてみせた。

「このようなローテーブルに置かれたカップは左手で皿ごと持ち上げる。普通の高さのテーブルであればそれは必要ない。そして」右手でカップの取っ手を器用につまんだ。「ハンドルに指を通してはいけません。このように持つ」

なるほど。

真希は慎重に取っ手をつまんだ。少々持ちにくい。

見回すと、蒼梧は手慣れた様子でカップを持っている。ちょくちょくお茶会に呼ばれているのだろうか。みのりは、わかってはいるものの小さな手では上手《うま》くいかないようで、結局両手で包むように持っている。

真希はカップをそっと口元へ持ち上げて、鼻へ抜ける爽《さわ》やかな香りを楽しんだのち一口含んだ。ほんのりと渋みがやってくる。すぐあとに甘みが広がり、なにかの花のような風味が真希の口腔《こうこう》内を踊った。

感動して、数口飲む。

このところの不調やストレスの詰まった体内に浄化物が流れ込むような、熱い液体が真希の失敗を消し去ってくれるような、そんな心持ちになった。

「ふう～っ……」思わず声をあげてから皆を見回す。「すみません。こんなに美味《おい》しい紅茶を初めて飲んだので、つい感嘆の声が」

スーはくすりと笑った。

「よかったこと」

蒼梧がつぶやくように言う。

「ボクも、ふう～っ……って思いました」

真希は隣の青年をちらりと見て会釈した。赤いガウンは気になるが、素直な青年のようだ。親近感が湧く。

スーは最初のワゴンの下段から大皿を出し、焦げ茶色のローテーブルに次々と並べ始めた。

アフタヌーンティーの醍醐味《だいごみ》、ティーフーズだ。

杏子《あんず》の載ったプティタルト。金粉の飾りがついた小ぶりの四角いチョコレートケーキ。取っ手付きの白いミニカップに入ったオレンジ色のプリンはカボチャ味だろうか、上部に星口金で絞られた生クリームが小さな白いシェルのように愛らしい。

まるで、幸せな芳香を放つお花畑みたいに華やかだ。開花はまだまだ続く。

紅茶の香りのする花形のクッキー。キャメル色のクリームがかかったミニエクレア。表面がこんがり焼けたホールのチーズケーキは「ぜひ私を食べて」と主張している。

銀のお盆には、取っ手と足のついた愛らしいグラスが並び、スポンジや果物、カスタードクリームなどが幾層にも重なっているのが見てとれる。スイーツはそれほど詳しくない真希も、それが〝トライフル〟という名前であると知っていた。リンゴの薄切りを使ったバラの飾りが載せられ、華やかさを演出している。

別の皿にはサンドイッチやデニッシュといったボリュームのある品も。

向かいに座るみのりと目が合う。期待に満ちた幸せそうな表情。私もきっとこんな顔をしているに違いない。

「今日はたくさん作ったのだけれど、どれも上出来だわ」すべて手作りとは驚愕《きょうがく》だ。

「お好きなだけ召し上がってね」

スーが取り皿を配ると、宇津木が胸を反らせた。

「僭越《せんえつ》ながら申しますと、カップを持つのが右手なのでティーフーズは左手で取るのが原則です。一度取り皿に置いてから、口に運びます」

真希は勢いよくうなずき、プティタルト、プリンのどちらからいくか迷った。

「そして、普通はサンドイッチからいただく」

「あ、はい」

全員、素直に取る。中身はキュウリのみ。昔はキュウリが贅沢《ぜいたく》なものだったのでこれが珍重されたと、いつか行ったホテルのアフタヌーンティーで誰かが言っていたことを思い出す。

キュウリだけなんて寂しいね、と思いつつ一口食べると……

「うわぁっ……あ、すみません」

どうしてこんなに美味しいの。特別なキュウリなのか、パンが美味しいのか、それともバターとか。

真希の表情で察したのか、スーは自分もサンドイッチを取ると、ソファセットのそばに置かれた背の高い肘掛《ひじかけ》椅子に座った。

「サンドイッチのコツは、どれくらい前に仕込むかにかかっているのよ。パンとバターとキュウリがほどよくなじむことが大事なの」なるほど。「パンの厚さはお好みによるけれど、私はサンドイッチ用の薄いものより少し厚めのものを使うわ」なるほど、なるほど。「それと手作りのマヨネーズ。これが味の決め手かしら」

「さすがスーさんだ。前回のものよりもさらに美味しい」

マヨネーズまで手作りなんて、料理下手の真希にとっては間違いなく魔法だ。

「サンドイッチの次はスコーンを食す。その後、タルトやクッキーなどのお菓子を」

宇津木の言葉に、真希はスコーンを手にした。ほんのりあたたかい。みのりが上手にスコーンを手で割り、黄色が濃いめのクリームと赤いジャムを塗るのを見て真似をした。ほくほくとした生地に、さっぱりしたクリームと甘いイチゴジャムはぴったり合う。

メンバーは次々とティーフーズに手を伸ばした。ケーキもタルトもクッキーもプリンも、それはそれは美味である。またサンドイッチに戻っても大丈夫だろうか。スーが紅茶のお代わりを注いでくれた。これはもう、エンドレスに食べられる。

仕事柄、初対面の人々と飲食することも多い真希は、相手がどんな人物か探りを入れながら会話をコントロールしようと努める。しかし、今日はそんな計算はどこかへふっ飛んでいた。

スーと宇津木がきっかけの言葉を発し、真希と蒼梧が相槌《あいづち》を打つ。みのりはほとんどしゃべらないが、しっかり耳を傾けている様子だ。紅茶やお菓子、庭の木々、今日の天気、そんな他愛もない会話が続く。

美味しい。嬉《うれ》しい。なんて心地がいい。余計なことは考えず、ひたすらこの場を楽しみたい。そんな思いでいっぱいになる。

宇津木が言った。

「応接間はドローイングルームと呼びます。リビング、ダイニングなどという言葉は機能性重視の響きがあってわたしは好かないな。昔は日本の家にも〝応接室〟という特別な部屋があったものだよ」

真希は深々と頭を下げた。

「いろいろ教えていただきありがとうございます。とても勉強になります」

おとなしそうな蒼梧も、お茶とお菓子でリラックスしたためか明るい笑顔を見せた。

「お茶会の基本は祖母から教わっていましたが、今日はさらに知識が増えてよかったです」

スーは目を細めると、彼に声をかけた。

「蒼梧くん。だいぶ落ち着いたかしらね」

彼は背筋を伸ばし、頭《こうべ》を垂れた。

「……すみませんでした」

スーは優しく笑った。

「自然教育園の人に気づかれなくてよかったけど」

「自然教育園？」

真希がつぶやくと、宇津木がすかさず答えた。

「ここから徒歩十分ほどのところにある国立科学博物館附属の自然緑地だ。面積約六万坪の、大都会の中の森ですよ」

目黒通り沿いにそんな看板を見たことがある。広大な緑の公園という認識だ。

その後、微妙な沈黙が続いた。

落ち着いたかと聞いたのは、それ以前に落ち着かないことが起きたからだろう。気になるが、ちょっと聞きにくい雰囲気だ。

みのりが突然、大声で言った。

「なんか、あったの？」

青年は顔を上げると、淡々と答えた。

「池にハマっていたのを、助けてもらったんだ」

今日は四月にしては暑かったが、国立の敷地内の池に勝手に入るのはまずいはずだ。気になりすぎるが、突っ込んで聞いてもいいものか。

「どうして、池にハマったの？」

ナイス、小学生。

青年は少女を見つめ、小さく肩をすくめると答えた。

「昼で学校が終わったあと、次の予定まで時間をつぶそうとぶらぶらしていたら、自然教育園の前を通りかかったんだ。兄が昆虫好きで、昔よく一緒に来ていたなあと思い出して、入ってみた。その中にひょうたん池っていう池があって、ほとりに立って見ていたら、小さな鳥が水面《みなも》に降りて」

彼は、まるで目の前に鳥がいるかのように、じっとテーブル上を見つめる。

「鳥がこっちを見て『ここは気持ちいいよ』って言っているような気がして」

鳥に近づくためにふらふらと立ち上がり、池の中に足を踏み入れたという。周囲には誰もおらず、一歩また一歩と進み、気づけば腰あたりまで水が来ていた……

ふいに後ろから腕を摑《つか》まれた。振り返ると、黒い服の年配の女性が黒い瞳《ひとみ》を輝かせてこちらを見ている。

――今なら誰もいないから、急いで戻ればバレないよ

「……そう言われて我に返ったんだ。こんなところで勝手に池に入ったら、いろんな人に迷惑がかかる。それで、慌てて岸に戻った」

彼がスーを見やったので、彼女は皆を見回して言った。

「蒼梧くんはこれから高輪《たかなわ》のお祖母《ばあ》さまの家に行くそうで、濡《ぬ》れたままで行くのをためらっているようだったから、うちで制服を洗濯することにしたのよ」スーは蒼梧を改めて見つめ、すまなそうに笑った。「背が高いから、長身の曽祖父《そうそふ》の部屋着なら大丈夫かと引っ張り出してきたのだけれど、少し派手だったわねえ」

それで、真っ赤なガウンか。

蒼梧は彼女に言った。

「ご迷惑をおかけしてすみませんでした。紅茶もお菓子も美味《おい》しくて、気持ちが落ち

着きました」

スーは優しく微笑んだ。

「洗濯は機械まかせだし、もともとお茶会を開く予定だったからちょうど良かったわ」

「パンを、踏んだの？」

みのりがまた大声で聞いたので、蒼梧は目を見開いた。

「なに？」

「パンを踏んだから、水の中に入り込んだの？」

戸惑いの表情を浮かべる青年に、スーがフォローする。

「『パンを踏んだ娘』というアンデルセンの童話があるわね」

自分が美しいことを鼻にかけていた少女が、水たまりで靴が汚れるのが嫌だからと心優しい女主人からもらったパンを足台代わりに置いて踏んだところ、そのまま水の中に引き込まれて地獄へ落ちてしまった……。

「パンは踏んでないよ」蒼梧は少し遠い目をした。「むしろ、なんにも踏まずにきたから、自分から入り込みたくなったのかも」

少し間があいて、宇津木が言った。

「なにもかも嫌になって衝動的に人生を終わらせたくなった、といったところですか。声をかけてくれる人がいて本当によかった」

蒼梧は驚いたような表情を浮かべる。

「死んでしまおうとか、そんなことじゃないんです。ただ、自分が、なんだか……」

目を伏せた。「いえ、もう大丈夫です」

場違いの真っ赤なガウンを着た痩身《そうしん》の青年はふわっと消えてしまいそうなほど儚《はかな》げで、そんな己をなにかで必死に覆い隠そうとしているように見えた。

真希はふいに衝動にかられた。彼が纏《まと》っている〝透明な鎧《よろい》〟のようなものを取り去ってやりたい。

一度、深呼吸する。

「ねえ蒼梧くん、茶道に〝一期一会〟という言葉があるでしょ」

にこやかに言うと、彼は不思議そうにこちらを見た。

「蒼梧くんと私は偶然ここで顔を合わせ、もう二度と会わないかもしれない」真希は身を乗り出した。「今、私は君の話が聞きたいと強烈に思っているの。なぜなら、こんなステキな空間で美味しいお茶とお菓子を共有した仲だから」

真希は熱くなっていた。今日初めて、前のめりになっている。

「もし蒼梧くんに悩みがあるなら、ここで話してみたらどうかしら。ひょっとして、私たちがなにかの助けになることもあるかもしれないわ」

蒼梧はあきらかに戸惑った様子だ。

やりすぎた？　高校生は子供の範疇《はんちゅう》ではないと思うが、普段話す機会はほとんどない。こんな言い方で通じるだろうか。

しかし蒼梧は、ふっとあどけなく微笑した。

「実は、なんで池に入ろうと思ったのか自分でもわかりません」

彼の防御のようなものが少し薄れたと感じ、真希は続けた。

「だったら、今の気持ちを思いつくままに話してみたらどう？」

彼はティーカップの水面をじっと見つめたのち、ぼそりと言った。

「ボクは『いい子』なんです」まるで他人事《ひとごと》のように淡々と告げた。「それが、嫌になったのかも」

少しの間があいたあと、青年は続けた。

「うち、医者一家なんです」

大泉《おおいずみ》蒼梧の亡き祖父が開業した内科医院を父が継ぎ、母は皮膚科の医院を営み、叔父《おじ》は北海道の大学病院で外科医を……と医療従事者がぞろぞろいるという。

真希は、足元のバッグを指しながら言った。

「白金聖パウロ学園は有名な進学校よね。蒼梧君も将来は医者になるのかしら」

「そう期待されています。なにしろ、兄が脱落したので」

二歳年上の兄はわがままな性格で、小学校のころは不登校気味だった。たまに気が向いて登校しても、先生を蹴《け》っ飛ばしたり同級生の持ち物を奪ったりと問題を起こした。中学、高校でも、常にトラブルメーカーだった。

「兄はボクとは別の高校にいたんですが、去年、喫煙がばれて退学になりました。親は兄さんをカリフォルニアの語学学校に留学させましたが、先週、違法薬物の所持が発覚してそこも追い出されてしまいました。幸い、警察沙汰《ざた》にはならなかったんですが」

おそらくご両親が必死に対応してもみ消したのだろう。

「両親は兄のことでいつもケンカです。お互いに兄の不出来の原因を押しつけあって……昨夜も大もめにもめて、母が一度アメリカに様子を見に行くことで決着しましたが、ずっと愚痴をこぼしていました」

――本当にあの子には迷惑をかけられっぱなしよ。蒼梧だけはしっかり頑張ってね

彼の唇が小さく震えた。

「頑張っているんですけどね」

兄とは真逆の性格のようだ。間違いなく頑張っているのだろう。

「祖母が高輪に独りで住んでいるんですが、寂しいから来てほしいとしょっちゅう連絡があります。だから、休みの日はできるだけ行って、話し相手にもなっています」

家族を想う優しさもある。

「ボクが行くと、祖母はいつも兄のことばかり話します」

――小さいころは利発で明るくてかわいくて、この子はきっといいお医者さんになると思ったのに……あなたのお母さんのしつけが悪かったのね。蒼梧さんはわたくしの言うとおりにきちんと勉強して後を継いでちょうだいね

兄を贔屓《ひいき》し母親の悪口を言う祖母のところになんぞ、行きたくもないだろう。

「小さいころから、ボクはずっと『いい子』をやってきた。難関の中学受験も突破したし、三年間成績トップクラスをキープしてきました。でも」

言い淀《よど》んだのち、絞り出すように言った。

「去年は上位十位以内から落ちてしまい、高二になってすぐの小テストでは二十二位でした。頑張っているはずなのに、成績が伸びないんです」

真希はそっと言った。

「勉強に、多少の波があるのはしかたないと思うけれど」

彼の膝上《ひざうえ》の両手は固く握られた。

「ずっと頑張ってきたバスケ部でも一年生にレギュラーを取られそうなんです」

「……そういう低迷の時期っていうのも、あるのかも」

蒼梧は眼前のティーカップを見つめたまま言った。

「今朝、兄から久しぶりに電話があったんです。酔っているような口調でした」

——友達のヤンが死んだ。家が法曹一家で、弁護士になれと親からプレッシャーをかけられ続け、不安のあまり薬に手を出して過剰摂取して……生真面目な雰囲気が、お前にちょっと似てた

「ドキリとしました」

——俺は親の敷いたレールなんてまっぴらだから、自由にやらせてもらう。おまえも『いい子』でいる必要なんかないぞ。自由にやれよ

「兄もそれなりに苦しいのだなと初めて気づきました。でも、『自由に』やるなんて一見カッコいいですが、いざとなったら親に助けてもらうのだから、やっぱりそれは違うと思う」

真希は力強く答えた。

「蒼梧くんの考えは正しいと思うわ」

蒼梧は情けなさそうに微笑む。

「でも、自分の生き方が正解なのかわからない。そもそも……」

彼はゆっくりと顔を上げ、真希を見た。

「ボクは本当に『いい子』なんでしょうか」

こんなふうに悩むなんて、やっぱり『いい子』なのだろうと真希は思った。だが、断言するほど彼のことを知っているわけではない。代わりにこう言った。

「少なくとも、蒼梧君はとても頑張っていると思うわ」

　蒼梧は、応接間の豪奢《ごうしゃ》なシャンデリアを見上げた。

「たぶんボクは、本当に医者になりたくて頑張っているのか、それとも周囲の期待に応《こた》えるためだけに『いい子』を演じているのか、それがわからなくなったんですね」

　しばしの沈黙ののち、宇津木が言った。

「君が悩むのは若さゆえかもしれない。人生の折々で、ふと己の行く道が正しいのか不安にかられることはあるでしょう」

　蒼梧はすがるように宇津木にうなずく。

「だが、客観的に見れば君は恵まれた環境にいる。医者になりたくても経済的事情であきらめざるを得ない人も多い。そういったことも総合的に考慮すべきではないかな」

「そう……なのかもしれません」

　蒼梧が気弱そうに肯定したので、真希はふと反論したくなる。

「でも、池に飛び込むほど辛《つら》かったってことは、その環境が本当に彼にとって〝恵まれた〟ものなのか、わからないってことですよね」

　宇津木は真希を見据え、ゆっくりと続けた。

「わたしの実家はしがない八百屋で、六人兄弟だった。大学へ行きたかったが、親の経済状態を知っていたので費用を出してくれとは言えなかった。だから高校時代からずっとバイトをして、学費は全部自分で稼いで大学を出た。そうまでしても勉強を続けたいと思ったからだ。蒼梧くんに、今の環境を捨ててまでもやりたいことがあるのか、熟慮すべきだと言っているんです」

蒼梧の顔は申し訳なさそうになる。ほら、そこが『いい子』すぎるのよ。

宇津木は淡々と続けた。

「わたしは、卒業後は大手メーカーでがむしゃらに働き、家庭を持ったときには子供たちに不自由をさせまいと決意した。実際に大学までの教育費はもちろん、家内が提案してきた子供の習い事や塾などすべて承諾し、費用を負担した。それが父親の役目だと思ったからだ。君のご両親も、そんな気持ちで君とお兄さんを育てているはずだが、どうだろうか」

蒼梧がうんとうなずきそうだったので、真希は慌てて口を挟んだ。

「もちろんご両親は……そしてお祖母《ばあ》さんも愛情をお持ちなのでしょうし、学費の負担は親に感謝すべきだと思いますが、蒼梧くんの真の想いに寄り添っているかは、別の話ですよ」

真希は青年を見つめた。

「私も蒼梧くんくらいのころ、自分がこのままでいいのかって悩んだ時期があったわ。特に『いい子』ではなかったし、いつも突っ走ってしまうので周囲にも迷惑をかけたと思います。母とは意見が合わなくてケンカばかりしていたし」

親と言い合いさえしたこともないであろう高校生は、興味深げに聞いた。

「どんなことでケンカしたんですか？」

真希は小さくため息をつく。

「母は専業主婦なんだけど、そういうことがステイタスだと思っている人なの」

結婚して子供を産む女性が勝ち組で、〝キャリアウーマン〟なんて国が女性をていよく働かせるためのまやかしの称号だ、というのが母の持論だ。

「子供のときは単純に母の言葉を信じていたけれど、中学くらいのころ、女も自分で稼いで自分の足で生きていくべきじゃないかって考えるようになって、それからは母に反発してばかり」

蒼梧は少し身を乗り出す。

「お母さんの言うとおりには生きなかったんですか？」

「バリバリの〝キャリアウーマン〟になったわよ」得意げに言ってから、恥ずかしくなって付け加えた。「……と言うほどバリバリでもないけれどね。とにかく、親の押しつけに屈することはないと思う」

「だが、あなたのお母さんの考えにも一理ある」宇津木が静かに言う。「どんな形であれ、その人が最適だと思う人生を歩むのが王道だ。蒼梧くんの場合は、今のままでいれば少なくとも平坦《へいたん》な道が続いていくが、それ以外を選択すると嵐が起きるかもしれない道を歩まねばならなくなる。親というものは、子供に苦労させたくないと先回りして心配する生き物なんですよ」

蒼梧は目をしばたたかせた。

「ボクはずっと『いい子』でいたほうがいい、ということでしょうか」

宇津木は、メガネのブリッジを人差し指で押し上げながら言った。

「君のお兄さんは周囲を困らせてばかりいる。一方、君は『いい子』をやってきて周囲はそれが当たり前だと思い、特に褒めてもくれない。兄はいつも注目を浴びるのに君はほったらかし。そういうことも不満なのではないかな」

蒼梧は図星をつかれたように唇をかんだ。

「だが、持って生まれた性質はそうそう変えられないものだ。自分の環境を肯定し、『いい子』を続けて、周囲を味方にするほうが楽に生きられるに決まっている」

青年は押し黙った末、ぼそりとつぶやいた。

「そういう、ものかもしれませんね」

真希はまた反抗したくなった。

「でも、こうやって蒼梧くんが悩んでいるってことは、やはり最適ではないんですよ」

「それは贅沢《ぜいたく》な悩みというもので」

「そういう言葉は少し突き放しすぎでは」

真希と宇津木がまた言い合いになりそうになると、蒼梧が慌てて手を振った。

「あのう、ボクは実際に恵まれていると思ってはいまして」

「蒼梧くんはちょっと待ってて」

真希は半ば意地になって宇津木に主張する。

「人は自分の信じた道を歩いているつもりでも、ふと不安になる。それは経済的に恵まれていようといまいと起こりうることだと思います。そんなとき、親や親戚《しんせき》や友達など自分の身近な人には相談しにくい。でも誰か、例えばこうやって、たまたま出会った通りすがりの人にならば本音を出せる。たまたま聞いた人は、一般論で諭すだけなく、その人に添った手を打ってあげることだって、できると思うんです」

宇津木は少し面白そうに聞いてくる。

「前屋敷さんなら、どんな手を打つのかね」

実は思いついてはいないが、真希は必死に考えて続けた。

「例えば、ご両親には『お兄さんばかりじゃなくて、もっと蒼梧くんの相談に乗ってあげてください』と助言するとか、お祖母さんへ『あなたを頻繁に訪ねてくれるのは蒼梧くんなんだから、いない孫の話ばかりしてないで目の前の孫を可愛がったらどうですか』と訴えるとか、お兄さんには『あなたの分を弟が頑張っているんだから、あなたもう少しなんとかしなさいよ』と叱るとか！」

高校生がくすりと笑い、真希ははっと気づく。

また突っ走ってしまった。

「前屋敷さん、ありがとう」彼は優しい笑顔で言った。「はっきり言ってくれて胸のつかえが下りたというか、そこまでしなくてもいいかな、というか」

悩んでいる本人に気を遣われてしまった。だが表情が柔らかくなったのはよかった。

彼は小さく肩をすくめると続けた。

「ちょっと疲れちゃっただけです。きっとボクは、これからも『いい子』を続けるんだと思います」

そんなふうにすぐに気持ちを隠してしまうなんて、かえって心配だ。もしまた池に飛び込みたくなったら、そのときはどうするの？

一期一会。だからこそなんとかしてあげたいが、具体策が思いつかない。偉そうに『助けになる』などと言ったことを悔やんだ。

「あたしは」

みのりがまた急に大声を出した。

「いい子でいなさいってパパから言われて、いい子でいようって思うけど、ぜ〜んぜんうまくいかない！」

一瞬の沈黙ののち、宇津木が破顔し大声で笑った。

「はっはっはっ」

蒼梧と真希は見つめあって苦笑する。

空気読まない小学生っていいなあ。場の雰囲気をあっという間に変えられる。

蒼梧はみのりに向かって少し嬉《うれ》しそうに言った。

「いい子でいるって、実はコツがあるんだよ」

「へ〜っ、すごい。こんど教えて」

「いいよ、特別にね」

スーがゆったりと立ち上がり、ポットを持って宇津木とみのりと真希のカップにお代わりを注いだ。ダージリンの上品な香りが再びドローイングルームににおいたつ。

彼女は全員を見回すと、言った。

「アフタヌーンティーがどうして始まったか、知っている？」

「確か」宇津木が答える。「発祥はイギリスのはずだが」

スーはふんわりと柔らかい笑みを浮かべる。

「十八世紀のイギリスの侯爵夫人の、ストレス発散が始まりなの」

「ストレス？」

真希が聞き返すと、彼女は優しくうなずく。

「女性の発明はたいてい身近で切実なことから生まれるのよ」真希の鞄《かばん》からちらりと見えているペットボトルを指した。「女性の顔が描かれているでしょ」

真希は紅茶飲料を取り出した。正面に書かれた『午後の紅茶』の文字上に、大振りの帽子をかぶった巻き毛の女性のイラストがあった。

「ヴィクトリア時代の七代目ベッドフォード侯爵夫人、アンナ・マリアよ」

お茶がヨーロッパにもたらされたのは大航海時代の十七世紀だという。

一六六〇年代、ポルトガルの王家からイギリスに嫁いできたキャサリン妃は、お茶や砂糖、陶磁器を嫁入り道具として持ち込み、茶道具を愛《め》でながらおしゃべりを楽しむ習慣を王侯貴族に広めた。

キャサリン妃ののち、オランダからイギリスにやってきたメアリ二世、その妹のアン王女もお茶好きで、当時流行《はや》っていた東洋趣味を広く知らしめた。

「さらに時が進んで、一八四〇年ごろにはオイルランプやガス灯の普及で人々が夜更かしになったこともあり、貴族の正餐《せいさん》の始まりは午後八時ごろだったそうです」

宇津木はメガネを指で押し上げた。

「それは現代人の我々の感覚からしても少々遅いようだな」

当時の貴族は、遅めの朝食のあとは正餐までなにも食べる習慣がなかった。

「女性は窮屈なコルセットをつけているでしょ。食いしん坊だったアンナ・マリアは、午後四時ごろになると空腹とコルセットの締めつけで『憂鬱《ゆううつ》で気が滅入《めい》る』とよく口走っていたそうなの」

わかる。忙しくて昼食を抜いたときの、夕方のあの苛立《いらだ》たしくも物悲しい気分ときたら。

「それで、彼女は自室にこっそりバター付きパンと紅茶を運ばせ、それを楽しむことでストレスを発散したの」

アンナ・マリアは午後のティータイムが大変有意義だと気づき、他の人にそれを勧めた。やがてアフタヌーンティーは王侯貴族の中で一大ブームとなる。時を経て、それは中産階級にも広まっていった。

「日本では高級ホテルでのアフタヌーンティーが流行ったけれど、もともとは内輪の気軽な集まりだったのね。親しい方とお気に入りの食器を愛でながら午後のひとときをゆっくり過ごす。お茶は人々を癒《いや》したのよ」

スーは青年に近づく。

「蒼梧くんは優しいから、周囲を傷つけまいとしている」そっと彼の肩に手を置いた。

「でも、自分を犠牲にしてはいけないわ」

蒼梧は目を見開いた。

「ボクは、別に……」

「辛《つら》いと感じたときほど、己を追い込んではいけない。どんどん悪いほうへ進んでいくだけ」

蒼梧は初めて顔を大きく歪《ゆが》ませた。

「じゃあどうしたらいいんでしょう。ボクはこのあと、やっぱりお祖母《ばあ》さまのところへ行くんですよ。行かないと祖母が心配するから。結局、事態はなにも変わらない」

彼女は静かに、しかし決然と言った。

「自分を癒してあげなさい」

青年はスーを見上げた。

「自分を……癒す？」

「まずは自分自身を整えるの」

スーは小さなワゴンのところへ行き、銀のヤカンを持ち上げる。

「お茶はそのためにあるのよ。Tea for me」

澱《よど》みない動作で、お湯を透明なポットに注いだ。茶葉をその中に入れる。葉が踊る。

今日、何回も見た光景だ。全員がそれを見つめていた。

スーもしばらくそれを見つめたのち、言った。

「お茶会は準備をしているときから始まるわ。茶葉を吟味し、お菓子を作り、食器を選んで、お花を飾る。そんなことをひとつひとつ整えるだけでもわくわくするわね。

そして、いざ始まったとき、わくわくの絶頂がやってくる。それは」

彼女はにっこりと笑った。

「紅茶を淹《い》れている時間」

お湯を沸かす。ポットやカップをあたためる。茶葉を量る。ポットに熱湯を注ぐ。そして茶葉を入れた瞬間に、まるで花が開いたように赤茶色の葉っぱたちが踊りだすのを観察する……

「そんな小さな動作ひとつひとつに、私は限りなく癒されるわ。自分がいかに日頃あくせくしているかを忘れることができるから」

紅茶を淹れることで、そんなふうにリラックスできるのか。

真希は、ここのところの情けない自分を思い返していた。仕事でヘマをやらかしたのは、大きな成果をあげられていない焦燥からだし、〝プラチナの魔女〟の案件に飛びついたのも、一刻も早く挽回《ばんかい》せねばと気負ったせいだ。

スーは背筋をしゃんと伸ばし、まるで小さな子どもに諭すようにゆっくりと蒼梧に向かって言った。

「辛くて辛くて、どうにもしようがないと思ったとき、お茶を一杯淹れてみてちょうだい。ゆったりした気持ちでお湯を沸かして、熱湯に茶葉を浸して、じっくり待つ」

スーはワゴンの下から黒い小さな缶を取り出し、彼に渡した。

「その数分間がきっと、あなたを癒してくれるはずよ」

蒼梧はその缶をじっと見つめる。

「人生、なにがどう転ぶかはわからないわ。蒼梧くんはたまたま池にハマって、それが縁でお茶会に参加することになった」彼女は真希をちらりと見た。「たまたまその場にいた前屋敷さんが、あなたの話を聞きたいと言ってくれた。人生って、そうやってちょっとずつ動いていくものなの。ドラマのように劇的になにかを変えてくれる事件はそうそう起きないわ。でも、小さなきっかけが訪れたとき自分自身が整っていなかったら、アドバイスを素直に聞いたり冷静に考えたりすることができない。だから、まずは自分を癒すのよ」

スーは蒼梧のカップにお茶を注いだ。

香りが湧き立ち、紅茶の水面が輝く。

宇津木がぼそりとつぶやいた。

「お茶は問題を解決してはくれないが、気づきの土壌を作ってくれるというわけだ」

気づきの土壌か。

アンナ・マリアはストレス発散のためにお茶を淹れた。彼女のちょっとしたアイデアが世界中の人々の癒しに繋《つな》がった。人生、なにがどう転ぶかはわからない。そのときに気づきを得られるかどうかは、自分次第なのだ。

蒼梧は照れたように笑った。

「……やってみます。自分で自分を癒すって、なんか新鮮だな」

「飲んでみたい紅茶があったらいつでも言って。ストックはたくさんあるから」

彼女が示した大きめの籠《かご》の中には、様々な紅茶の缶が入っていた。見たことのある有名なメーカーのもの、初めて見るもの。多くは英語で書かれているが、中には漢字の羅列もあり、まじまじと見てしまう。いろいろな種類があるのだなあ……

突然、女の人がアーチ形の入口から飛び込んできた。

「ようやく乾いたわ！」

真希はその人物を見て唖然《あぜん》とした。

「文明の利器ってすごいわねえ。全自動乾燥洗濯機を買ってよかった。きれいに仕上がったわよ」彼女はシャツやズボンをまとめて蒼梧に渡す。「革靴は新聞紙詰めておいたけど、まだ濡《ぬ》れているわよ。私のサンダル履いていく？」

元気よくしゃべるその女性は、スーと瓜二《うりふた》つだった。

顎《あご》あたりまでのボブの黒髪、ゆったりとした黒いワンピース、よく動く丸い瞳《ひとみ》、少し低めの物憂げな声までそっくりだ。

「靴は大丈夫です。全部洗ってもらってすみませんでした」

「機械がやったから問題《ノープロブレム》なし」二人目は快活に笑う。「さっき着替えたから洗面所はわかるわね」

青年はうなずくとアーチ形入口の向こうへ。彼女はその後ろ姿を見送る。

「最初見た時は儚《はかな》げで、池の精かと思っちゃった」

「池で助けたのは」みのりが大声で言う。「ユンさん？」

第二の黒ずくめがにんまりと笑う。

「腰まで浸《つ》かってしずしずと沈んでいきそうな雰囲気だったので、慌てて追いかけたの。ほんと、人がいなくてよかったわあ」

真希は恐る恐る声をかけた。

「あのう、蒼梧くんを池から救ったのはスーさんではなく、こちらのユンさんとおっしゃる方なんですね」

「そうよ」

二人は同時に答え、並んで立った。

双子。それも、瓜二つの。なんてことだ。

一方が家にいて、もう一方が駅ビルや雅叙園前や駅前にいた……

それで、魔女。なあんだ、そうか。

「あなたはどちらさま？」ユンが聞く。「お初にお目にかかるわね」

「みのりちゃんのお連れさんよ」

スーが答えると、ユンは少女を楽しそうに見つめた。

「もう少し違う年代の人が来るのかと思っていたけど。この方はどんなお友達なの？」

みのりがぼんやりと首を傾げたので、真希は慌てて立ち上がった。

「改めてご挨拶《あいさつ》させてください」名刺を二枚取り出して差し出す。「実はわたくし、この敷地が大変気になっておりまして……」

ユンがいち早く受け取り、鼻をならした。

「不動産屋ね。ご用件は察しがつくから最初に言っておくけれど、お断りよ」

スーは受け取りもせず、壁際の棚のほうへ歩いていく。

「はきはきした娘さんだと思っていたけれど、そういうことだったのね」

「決して黙っていたわけではなく、みのりちゃんと公園で出会って同級生からいじめられている様子だったので声をかけたところ、後日彼女から連絡がありまして」

早口でまくしたてるも、完全に無視される。

宇津木がすっくと立ち上がった。

「じゃあわたしはこれで」

脇にあったナップザック片手に部屋を出ていく。このタイミングで？　もう少しいてくれても。

みのりも立ち上がり、双子にぺこりと頭を下げる。

いやいや、私のお友達でしょ、まだいてほしいのよ。

「さようなら」

スーが二人に声をかけ、真希は取り残された。そして蒼梧は戻ってこない。

「またいらしてね」

気持ちを引き締め、声のトーンを少し下げる。

「みのりちゃんがお茶会に誘ってくれたおかげで、こうしてお目にかかることができました。ありがとうございます」

「はいご苦労さま。お引き取りを」

ユンが両手を胸の前で組み、冷たく言い放つ。

「また寄らせていただきます」真希は深々と頭を下げた。「ごちそうさまでした」

二人は玄関までついてきた。見送りではなく、真希がちゃんと帰るのを見届けるためだろう。

ドア口でもう一度礼をしようと振り返ると、一人が透明の袋に入った小さなものを突き出してきた。

「……これは？」

「差し上げます。いちおうね」

細かい細工が施された美しいティースプーンだ。

「お土産ですか！　ありがとうございます。あの」

「交渉には応じません。では」

ダブルの冷たい視線に押し出され、玄関を出た。即座に扉が閉ざされる。前途多難の様相だ。

それでも突破口が開かれたことが嬉《うれ》しかった。スプーンを胸に抱き、美しく波打つ昭和ガラスに向かって深々と頭を下げた。


「……みのりちゃんはどの竹垣から入ったんだっけ」

もう二十分も竹垣と石垣に沿って彷徨《さまよ》い歩いている。実は不動産屋のくせにちょっとした方向音痴だ。東西南北の感覚が、わりとない。

まずい。このまま出られなかったら敷地内で遭難する。やはりここは魔女の屋敷なのか。

「みのりちゃ〜ん！」

叫んでみたが、返ってきたのは鳥のさえずりのみだった。

第二章　世界でひとつだけの木

It's not my cup of tea.
私の性分に合わない（イギリスの慣用句）

「すぐにでなくてもかまわないのです。ご売却をご検討される折には、最初に弊社へご一報をいただく、というのはいかがでしょうか」

荘厳な玄関先での真希の必死のプレゼンに、今日も真っ黒な服装の女性は無表情で立ちつくす。五日続けて通っているが、毎回五分で追い返されていた。

「弊社の開発計画資料です。お目を通していただけませんか」かしこまって社封筒を差し出す。ええと、たぶんこちらは……「スーさん」

「私はユンです」

真希の背筋が凍る。勘はいいほうなのに毎回間違える。なぜか二人の見分けがまったくつかないのだ。

「私たちのこと『魔女』って呼んでいるそうね」

なぜ、それを！

「みのりちゃんが教えてくれた」

しまった、あの子の前で一度だけ言ったことがある。

「いいんですけどね」まったくそう思っていない冷ややかな口調だ。「私たちいつも黒い服だし、皆さんにとっては不気味な魔女《ウィッチ》ってことになっていても」

「決して、そういう意味では」

「お引き取りを」

冷たく言い放たれ、すごすごと退散した。

敷地の出口までの道なき道をようやく覚えた真希は、愚痴りながら歩く。

「そりゃあ名前を間違えられたらいい気分はしないだろうけど、髪型も服装も声もまったく同じで、どうやって区別したらいいのよ。名札でもぶらさげてほしいわ。それに、魔女って名づけたのは私じゃないのよ！」

みのりが教えてくれた竹垣の小さな出口を抜け、大きなため息をつく。

会社で待ち構えている上司の嫌みな顔が目に浮かんだ。「交渉中」と報告するのみでは、なにを言われるかわからない。

開発部の責任者、桜坂部長はミノベ不動産のたたき上げで、今年で五十八歳になる。押して押して押しまくる営業スタイルは真希と似ており、営業員としては非常に優秀だ。しかし、人としては最低なやつだと言っていい。

真希が売買営業部トップの成績を引っ提げて意気揚々と開発部に移ったのは六年ほど前だ。その一年前に支店から大抜擢《だいばってき》され異動してきた桜坂部長は、学生時代はラグビー部だったそうで、顔も身体も大きく、頼もしそうな上司に見えた。

別名〝地上げ部隊〟の異名がつく花形営業部門に初の女性営業員を迎えた桜坂は、にこやかに言ったものだ。

——大いに期待しているよ。頑張ってくれたまえ

ただ、不穏な気配も最初からあった。

——あ、これから大事な客がくるから会議室にお茶四つ持ってきてね

その正体が明らかになるにつれ、真希は部長を嫌悪した。

女は所詮《しょせん》お茶くみ要員、パワハラは部下を鍛えるため、飲み会も立派な仕事……昭和時代から時が止まったような思考の持ち主だ。そして、他人に厳しく自分に甘い。部下に厳しく上にへつらう。他人の功績を自分のものにするのが上手《うま》い。世の常で、こういう小狡《こずる》いやつほど出世するのだ。

真希は歩きながら、また独り言を漏らす。

「あんな失敗さえしなければ……」

昨年十二月、元麻布《もとあざぶ》の三百五十坪の土地取引を打診してきた不動産業者からの電話を偶然取った真希は、好物件と判断して話を進めた。しかし、その不動産業者は地面師……不動産専門の詐欺師だった。

書類の小さな不備に気づき怪しいと思った時には、すでに手付金の一部を支払ってしまっていた。相手は雲隠れ。金は戻ってこず、真希は会社に一千万円ほどの損害を与えてしまい、営業の第一線から外された。

その際、桜坂部長は妙に嬉しそうだった。

二年前に真希が営業成績を追い抜いたころから、部長の態度は徐々に変化していった。〝女〟が彼を脅かしているという事実が面白くなかったようで、なにかと嫌みを言ったり、さりげなく営業妨害したりしてきた。今回の真希の失態は、彼にはウェルカムだったのかもしれない。

古い紙ファイルのデジタルデータ化という閑職に追いやられた真希が『白金台七丁目』の案件のファイルを偶然見つけたのは、一ヶ月ほど前の四月上旬のことだ。一等地のまとまった土地を地上げできれば名誉挽回《ばんかい》できるに違いないと考え、ファイルを持って部長のもとに駆け込んだ。

――……シロガネダイ？
――シロカネダイです、部長
彼は顔をしかめてファイルをデスクに放った。
――やめておけ。これにはいろいろアヤがついている
――どういうことですか
――俺が開発部に入る前のことだからよくは知らんが、何人も地上げに失敗して、触れてはいけないという雰囲気になっている土地だ
――反社会団体が絡んでいるとか？
――それはないが、触らないほうがいい物件というのはある。だいたい、今はキミに営業をさせないというのが上の意向だ。それでもやるなら、まあ、止めはせんが経費も使えないし仲間の協力も得られない。やめておいたほうが無難だぞ
真希は熱くなった。
――やらせてください。データ入力の仕事はきちんとやりますので
彼の目が光った。
――そこまでいうなら俺は黙認だが、もし、年内に結果を出せなかったら……
――左遷も覚悟です！
売り言葉に買い言葉で宣言してしまったが、あれは部長の策略だったかも。目障り

な部下に無理難題を押しつけ、自滅するのを待っているのではないだろうか。

社に戻ると、桜坂部長に現状を報告した。

「そんなペースで年内に結果がでるのか？」

深刻そうな表情を浮かべつつ、声がなんだか嬉《うれ》しそうだ。

「必ず、所有者を落とします」

「ぜひとも頑張ってくれたまえ」

話が終わったそぶりをみせたのち、こちらを見つめあっけらかんと言った。

「キミ、最近姿勢が悪いなあ。背中が丸まってバアサンみたいだ」そしてわざとらしくしかめ面を見せる。「パワハラではなく、あくまでも注意喚起だからな」

頭が沸騰しそうになるのをこらえる。怒っては負けだ。それはどうもご親切にと平静を装って目礼し、背筋をぴんと伸ばしながら去る。

確かに最近、デスクワークばかりで背中が丸まっていることが多い。そのせいか腰痛もでている。

あと半年ほどで三十九歳。来年は不惑。

気づけばそんな年だ。三十代前半まではどんなにハードに働いてもへっちゃらだったが、ここ数年は肩こりや目の疲れ、肌荒れが顕著で、すぐにへたばってしまう。高い会費を払っているフィットネスクラブにはご無沙汰《ぶさた》だし、自炊は苦手なので外食とテイクアウト料理に頼るのみ。健康的な生活とはほど遠い。ため息を飲みこみ、オフィスの窓際に佇《たたず》んで外を眺めた。今の真希には、哀しいほど爽やかな五月晴れだった。

目黒駅近くにある会社の十一階の窓からは、高層ビルの合間に案外と緑が多く見える。これまで気にも留めなかったが、あの先のこんもりとした森が例の自然教育園かもしれない。高校生の蒼梧がハマったというひょうたん池もあの中にあるのだろう。

先月の麗しいお茶会をうっとりと思い出す。極上のダージリンティーとシンプルなキュウリのサンドイッチ、ほんのりあたたかなスコーン……なにもかも輝いていた。魔女のお屋敷の応接間《ドローイングルーム》は、世知辛い現代社会から隔絶された別世界だった。

また呼ばれたいなあ。

デスクに戻らず、そのまま給湯室に行った。持参して置いてあるティーバッグを用意する。目黒駅近くで偶然見つけた紅茶専門店で求めたものだ。

「真希さん、またお茶休憩ですか?」若槻萌が顔をのぞかせる。「いいですねぇ、ゆったりしていて。あたしなんか今帰ってきて、またすぐ打ち合わせですぅ。真希さんが担当していた服部《はっとり》様、先月施設に入られたのでそっちへ行くんですよ。知ってますぅ? ビューティフルライフ南麻布」

甘ったるい口調にムカつくが、あえてにこやかに答える。

「二、三年前にできて、ニュースで話題になっていた高級老人ホームね」

服部様は資産家の寡婦で、港区内のあちこちに土地建物を所有している。真希が半年かけて仲良くなった、我が社のビップ顧客のひとりだ。

「施設入居をずいぶん渋っていらしたようですが、息子さん夫婦に押し切られて、いざ入ってみたらなかなか楽しいそうです。先日お邪魔したときはドッグセラピーでワンちゃんがたくさん来ていて、私も一緒に犬と遊んじゃいました」

服部様はかなり気難しい婦人だが、萌は人のハートをさりげなく摑《つか》むのがうまいので、すぐに打ち解けたのだろう。そういえば桜坂部長もなぜか萌には態度が柔らかい。ガンガン押しまくる真希と異なり、彼女はするりと相手の懐に入り込んでいくのだ。

「あらっ」萌は真希の手元を指した。「それ『目黒ドローイングルーム』、通称メグドロの紅茶じゃないですか」

「有名な店なの？」

「今年の初めにオープンして、一度行ってみたいと思っていたんですよ。真希さんってコーヒー党だと思っていたけど、紅茶も興味あるんですね。メグドロ、美味《おい》しいですか。お薦めはあります？」

流行《はや》り物好きの萌がまだ行っていないのか。真希は少し得意げに言う。

「やっぱり香りや色合いが普通のものと違うわね。王道のダージリンはもちろん、この店のニルギリもお薦めよ。あっさりしていて飲みやすいの。あと、まだ買っていないけれど、オレンジ・ペコーもお薦めのフレーバードティーだと思うわ」

賞賛と羨望《せんぼう》のまなざしかと思いきや、萌は不思議そうな表情を作った。

「オレンジ・ペコーはフレーバードティーの名前じゃなくて、紅茶の等級ですよね。どこの茶葉を使っているんでしょうか」

一瞬、なにを言われているのか理解できなかった。

「ああ、もちろん」慌ててごまかす。「ええと、アールグレイのことだったわ。混同してしまったのね」

萌は心配そうな表情を浮かべる。

「よかったですぅ、この話を聞いたのが私で。紅茶好きのお客様だったらなんとおっしゃったか。じゃ、行ってきます」

単なる言い間違いよ、という表情でにこやかに彼女を見送る。可愛い顔をしてずばっと核心をついてくるあたりが営業員としてはさすがだ。ムカつくけど。

速攻でデスクに戻り紅茶について検索すると、萌の言葉は正しかった。

紅茶には、主に『産地銘柄』『ブレンドティー』『フレーバードティー』という区別の仕方がある。

『産地銘柄』は栽培産地がそのまま銘柄になったもので、インドのダージリン、スリランカのウバ、中国のキーマンが三大銘柄で有名だ。

この産地銘柄をベースにして茶葉を配合したものを『ブレンドティー』、香りづけをしたものを『フレーバードティー』と呼ぶ。

そしてオレンジ・ペコーは、オレンジの香りがつけられたフレーバードティーではなく、茶葉の〝グレード〟つまり〝等級分類〟を表す言葉だった。

「知らなかった……」

このグレードという言葉も誤解を生みがちだが、茶葉の良し悪しを示すのではなくて、サイズ、形状の単位を示すという。

枝についている葉っぱの一番上部を〝フラワリー・オレンジ・ペコー（FOP）〟、先端から二番目の葉を〝オレンジ・ペコー（OP）〟、あるいは四番目の少し大きめの葉は〝ペコー・スーチョン（PS）〟と呼ぶ……など細かく決まっており、等級は国際的な統一基準があるわけでなく国や産地によって違いがある。

「枝のどの場所に生えているかによって味が違うってことか。奥が深いな」

イギリスの老舗《しにせ》紅茶会社トワイニングが発売したブレンドティー『セイロン　オレンジ・ペコ』が有名になったため、このような茶葉があると勘違いした人や、オレンジとついていることから真希のようにフレーバードティーと思い込む人が多いらしい。

「紛らわしいな。なんでこんな名前がついたんだろ」

諸説あるようだが、『ペコ』はもともと中国語から来ており、橙色《だいだいいろ》の水色《すいしょく》を出す上質なリーフティーを総称して『オレンジ・ペコー』と呼ぶようになったとか。

「お茶って中国発祥だったっけ」

魔女を懐柔するためにも紅茶やお茶会の知識を深めようと思い立ち、真希は駅ビルの本屋へ駆け込んだ。紅茶に関する本はたくさん並んでおり、数冊選ぶ。

会計の際、バッグに入れてある小さな布袋に目をやった。

魔女の一人……たぶんスーだと思うが、彼女がくれたティースプーンが入っている。本物の銀製だ。なんとなく、お守りみたいに持ち歩いていた。

蒼梧くんはその後、元気かな。自分を癒《いや》すことができているだろうか。また池に入りたいと思ったりしていないだろうか……。

駅ビルを出ると、会社の前を通り過ぎた。少しくらい寄り道してもかまうもんか。どうせ入力作業しかないんだから。

目黒通りを歩くこと五、六分、庭園美術館西交差点を渡り、美術館入口を通り過ぎたところに、自然教育園はあった。
五、六百年前には豪族の館《やかた》があったそうで、江戸《えど》時代は高松《たかまつ》藩主松平頼重《まつだいらよりしげ》の下屋敷、明治時代は陸海軍の火薬庫、大正時代は白金御料地だった。現在は天然記念物及び史跡に指定され、一般公開されている。

門前の歩道に巨木が二本聳《そび》えているのを、真希も以前から知っていた。幹が太く枝が八方に広がっているのはソメイヨシノで、春先に見事な花を魅せてくれる。古木は「私のほうが先に生えている」とばかりに歩道を二つに割いていた。もう一本は、種類はわからないがこれまた堂々たる巨木で、道路の向かいの五階建てビルよりも高い。

入口すぐの建物の自動販売機で入園券を買うと係の女性にピンクのリボンを渡され、「つけて入ってください」と言われる。

建物の脇を抜けて敷地に入ると、そこはいきなり深い森だった。振り向くと、大通りを都バスやベンツが走り抜けるのが見える。そのギャップが、なんだか楽しい。

砂利道の遊歩道が長く延びており、左右にロープで設けられた低い柵《さく》の向こうには膝丈《ひざたけ》くらいの樹木が一見無秩序に生えていて、『せんりょう』『まんりょう』など真希も知っている名前や『やまほととぎす』『やぶれがさ』など珍しい名前のプレートが掲げられていた。その奥には、天を仰がんばかりの高木が延々と続く。

数百メートルほど歩いたところで、ひときわ巨大な老樹に出くわした。『クロマツ』だ。五階建てどころではない高さで、抱き着くのに真希が三人は必要そうな太さの木肌一面には、干からびた砂漠の表面のような大きなひび割れが見て取れた。思わず話しかける。

「あなたは、何歳？」

たかが三十八年しか生きていない人間をせせら笑うかのように、大木は枝をざわりと揺らすのみだ。

通り過ぎる中年女性二人がにこやかにうなずいた。こちらも挨拶《あいさつ》する。山歩きをしている者同士みたいに。

こんないいところをなぜ今まで知らなかったんだろう。

左側の柵の先に『ちゃのき』のプレートを見つけた。

真希の背よりも低い木だ。葉は周囲にギザギザがあり、少し肉厚。一枚の大きさは掌《てのひら》よりも小さめ。これを煮だしたら美味しい飲み物になると最初に考えた人は、本当に偉大だ。

「先端から二番目のここが」触らないよう注意して、指差し確認する。「オレンジ・ペコーと呼ぶんだったわね」

周囲をのんびり見回しながら先へ進む。うす青色の空は、ぐいぐい伸びる枝葉によって可視面積が小さくなっていた。彼方《かなた》に見える港区の高層ビルの上部は、まるで連峰の頂のような佇《たたず》まいだ。

カラスや名も知らぬ鳥のさえずりがそこここから聞こえる。道路の車の音が遠くで響き、ときおり飛行機音が空を横切るが、その響きさえもほどよいアクセントに感じられた。

森は都心の風景に溶け込んでいる。いや違う。森が初めにあってそこへ人間が侵入したのだから、街が森に敬意を表して溶け込もうと努力しているのだ。

私、小さいなあ。

蒼梧くんも、こんな自然の中に来ていろいろが馬鹿らしくなって池に飛び込みたくなったのかもしれない。

途中の地図看板を確かめ、緩やかに下った道を池のほうへゆっくりと下りていく。

〝ひょうたん池〟の名のとおり中央がゆるく凹んだ形状の池が見えてきた。その先は水生植物園で、池の周囲に木のベンチがいくつか設置されている。

真希は長細いベンチに座り、ぼんやりと水面《みなも》を眺めた。

最近なにもかもうまくいっていない、とつくづく思う。

そもそも、私の人生って順調だったのだろうか。

神奈川県藤沢《ふじさわ》市の平凡なサラリーマン家庭に生まれ、ごく普通の幼少期を過ごし、ありきたりの青春を謳歌《おうか》し、人並みに勉強して東京の大学に入り、かなり頑張って就職活動して大手不動産会社に就職し、それぞれの営業部門で着実に成果を出してステップを上がってきた。押して押して押しまくるスタイルは強引すぎると言われたこともあるが、客や他社の営業員とのヒリヒリするような交渉は真希の性に合っており、結果を出して感謝をされることも多かった。

プライベートでは、学生時代も含めると三人の男性と真剣に恋愛し、別れ、その誰とも結婚を具体的に考えたことはなかった。

真希の父は典型的な仕事人間で、家庭は妻まかせというタイプだ。母は専業主婦がステイタスだと思っているくせに、家の中では夫をたてることもせず、いつも愚痴をまき散らしていた。さんざん悪口を聞かされた真希は、我慢しなきゃいけないパートナーと一緒に暮らすくらいなら、自分で稼いで自由に生きるほうがよほど幸せでは、と考えるようになった。

実際、そこそこ稼げるようになるとシングルライフは楽しく、親しい同級生の大半が結婚して子供を作っても、共に暮らすことは気にしなかった。

四人目の現在の彼氏とも、真希は考えていない。

胡桃沢瞬一《くるみざわしゅんいち》は二歳年下。彼がミノベ不動産の管理部にいた際に、ちょっとした仕事で面識を持った。五年前に瞬一が転職するとき、どちらからともなくお疲れ会をやろうと言いだし、二人で飲みにいったのがきっかけで付き合い始めた。

瞬一は優しくて気遣いのできる男性だ。実家は静岡のお茶農家で、付き合い始めたころは、将来はUターンしたいと話していた。真希はやんわりと、自分は東京を離れられないだろうと話した。便利な生活がすっかり染みついていたし、東京の土地開発の仕事は、都心ならではの醍醐味《だいごみ》もある。

瞬一はそんな真希の気持ちを理解してくれ、ずっと東京にいることも悪くないと言ってくれた。

――結婚っていう形式に囚《とら》われなくてもいいよな。まあ、子どもはいたらいいと思うけど

――でも今の時代、子育てって本当に大変よね。友達の話を聞いていると苦労しかないって感じがする

都心でバリバリ働き、自分なりの楽しみを持って暮らしていく。パートナーとは互いの生き方を尊重しあう。自分はそういう人間だと確信していた。

だが、今の真希には〝バリバリ働く〟部分が欠けている。

そしてそのことを瞬一に報告できていない。

自分の失敗を告白するのはなかなかに辛《つら》い。彼の仕事が忙しくデートがご無沙汰《ぶさた》だったせいもある。しかし、そろそろちゃんと話さなければ。

陽がさあっと池にあたり、水面が魔女の屋敷の玄関の古ガラスのようにゆるやかに儚《はかな》げに輝いた。ふと見上げると、ベンチの脇に生えた細い木の幹にも、チラチラと水面の模様が光と影になって投影されていた。

ざわり、と風が木々を揺らす。

都心にもこんなふうに自然を感じられる場所があるのだ。なにかと田舎自慢をする瞬一を、今度ここへ連れてこよう。

真希は買ってきた本を一冊手に取り、読みだした。紅茶の歴史、種類、各国のお茶の淹《い》れ方、アフタヌーンティー……

半ばまで読んだとき、顔を上げて叫んだ。

「そうか、だからスプーン！」

池の虫にカメラを向けていた老人が驚いて振り向いたので、照れ隠しに会釈する。

またぜひお茶会に呼ばれたい。真希は切実に願った。

深い水の底にいるような夢を見た。

周囲がユラユラと揺れ、真希は歩けない。浮かぶような、沈むような……

携帯が鳴ってぼんやりと出る。

『もしもし、今どこ？』

聞き慣れた男性の声に、頭がはっと冴《さ》える。今日は日曜日で仕事は休み。そして久々のデートの日。

「あっ、ごめん！　ええと」

『……寝てた？』

「いや、朝ちゃんと起きたのよ。支度してからちょっとうたた寝しちゃって」慌ててベッドから飛び出した。「すぐに行くからもうちょっとだけ待ってて」

とはいえ、まだジャージ姿だ。本当はがっつり寝坊した。急いで着替えねば。

『実は今』すまなそうな声が返ってくる。『所長から呼び出しで、できたらちょっとだけ来てほしいって言われてるんだ』

「もちろん、そっち優先して。仕事だもんね」

国立大学の関連機関で発掘調査研究の職についた瞬一は、所長にいたく気に入られており、なにかと現場に呼び出される。

「長引くかもしれないよね。会うのはまた今度にしよう」

『すまないな』

「そんな。こちらこそごめん」

電話を切り、がっくりとうなだれる。

仕事での遅刻は一度もないのに、なぜプライベートはこうもだらしないのだろう。

「今度、埋め合わせしなくちゃ。どこかいいお店でご馳走《ちそう》しよう」

つぶやきながら、窓を開けた。

白金にある五階建てのマンションは築年数が経っているため、このあたりにしてはリーズナブルな家賃だ。就職してしばらくは神奈川県川崎《かわさき》市に部屋を借りて東京に通っていたが、三十歳を過ぎて間もなく、思いきってここへ越してきた。

憧《あこが》れの港区暮らし。最寄りの駅まで徒歩二十分近いが、幸い目黒駅行きのバス停がすぐそこで、通勤に不自由はない。

真希はちっぽけなベランダに出て爽《さわ》やかな外気を吸う。運動不足だなあ。自転車でも買ってチャリ通勤しようかな。

小さなキッチンへ行くと、先日奮発して買った鉄瓶でお湯を沸かした。普通の水道水がなんだか美味《おい》しく感じられるから不思議だ。

食器棚の一区画を占めるようになったティーカップとポットをお盆ごと取り出す。こちらも思いきって買い求めたロイヤルコペンハーゲンだ。

「今日はなんにしようかな」

紅茶の種類はまだわずかだ。ひと缶を使い切るのに時間がかかるため、何種類も買うのはもったいない。それでも、目黒の紅茶専門店の店員からいろいろと聞き出し、三種類をゲットしていた。一番のお気に入りはメグドロのオリジナルブレンド〝マイ・カップ〟。アッサムがメインで、優しさと強さがミックスされたような味だ。

当然だが、その茶葉だけ残りわずかになっている。

真希は着替えて部屋を飛び出した。ほどよい気候で気持ちがよく、歩調を速めて大《おお》股《また》で歩く。このまま目黒駅まで行ってしまおう。いっそ徒歩通勤にしたら、ろくに通っていないフィットネスクラブは退会していいかも、と苦笑した。

目黒ドローイングルームは十二坪ほどの小店舗で、今日も混んでいた。前回仲良くなった快活な中年女性店員はおらず、気弱そうな若い男性店員が一人で切り盛りしていたので、早々にオリジナルブレンドを買い求めた。しかしさらに物色したくなり、いろいろと見て回る。

スリランカのミディアムグロウンティー。色合いは濃いけれどさっぱり系か。アフリカ産のものもある。こっちはフレーバードティー。ハーブティーも。いろいろ飲みたくなるなあ。こっちのティーバッグのセットも……

「ですから、そのキーマン茶がないと困るんです」

女性の大きな声が聞こえ、驚いて振り向いた。レジに、グレーのカーディガンを着た女性の後ろ姿が見える。接客に慣れていない雰囲気の男性店員は新人だろうか、困り顔で対応している。

「大変申し訳ないのですが、当店のものがそれに該当するかは不明でして」

「どうやったらわかるの？」

その女性は真希が買ったすぐあとにレジに立ったはずだ。ずっと話していたのか。

「それが、パッケージに書かれていることしか、私にはわかりませんでして」

「でもおたく、紅茶専門店でしょう。キーマンショヨウシュのキーマン茶がないと困るんですよ」

真希は、偶然だが呪文《じゅもん》のようなその言葉を知っていた。

漢字で『祁門櫧葉種《キーマンショヨウシュ》』と書くはずだ。

キーマン紅茶は中国の祁門という地域で作られたもので、高級な中国紅茶のひとつだ。祁門櫧葉種を使用するのが本来だが、最近はより大量生産しやすい在来種も使うので、品質はまちまちだとネットで読んだことがある。

「困るのよ、本当に」グレーのカーディガンの女性は頭を抱えた。「でないと、三ツ《み》谷《や》さんに顔向けできない。そうしたら、娘の立場も……」

店員は、ひたすら耐え忍ぶような面持ちで彼女を見つめている。

真希は思わず声をかけた。

「すみませんが、後ろでほかのお客さんが待っていますよ」

カーディガンの女性ははっと振り向く。順番待ちしていた若い女性は、真希とカーディガン女性を見比べ、戸惑い気味に微笑む。

「私は、また今度に」

手にしていたニルギリの缶をレジに置くと急いで去っていった。店員が、ぽかんとした顔を真希に向ける。

……客が帰ったのは私のせい？　いや違うわよね、とカーディガン女性を見ると、彼女はすっかり動揺していた。

「すみません、私、そういうつもりじゃ……」

真希よりは頭ひとつ小柄で、少しぽっちゃりしている。髪を後ろでひとつにまとめているせいか額の広さが目立った。目尻《めじり》や口元の皺《しわ》がくっきり出ていて、四十代後半くらいだろうと推測する。

あまりに苦しげな顔なので、つい尋ねてしまった。

「なにかご事情が？」

思い詰めた様子の彼女は、真希ににじり寄ってきた。

「このお店の常連さんですか。ひょっとして紅茶にお詳しいのでしょうか。私、どうしても欲しい茶葉がありまして」

「紅茶にはつい最近興味を持っただけなので詳しくはないんですが、なぜ祁門櫧葉種を使ったキーマン茶でなければいけないんですか」

女性の顔が輝いた。

「祁門櫧葉種をご存じなんですか？　店員さんは『わからない』の一点張りで。もしかして、その茶葉を持っていらっしゃるとか」

「いえ、文字が書かれた缶を見たことがあるだけで」

彼女の小さな目が見開かれ、必死の形相になる。

「その缶はどこにあるんですか。お店ですか、個人のお宅ですか。私が行って、譲っていただくことはできませんか」

「それは難しいかと」残念ながら私もそこへは行かれないでいるのよ。「メグドロの紅茶はどれも美味しいですよ。オリジナルブレンドもお薦めで」

「それじゃ意味がないんです。明日のPTA役員の懇親会に、会長が『一番』だと言っているキーマン茶を用意しないと、私……」

PTA。

真希には未知の世界だ。関わってはいけないと脳が危険信号を出している。

「すみませんが、私ではお役に……」

立てそうもないと言おうとしたとき、携帯が震えた。渡りに船とばかりに黙礼して店外へ駆け出る。しかし、彼女はついてきた。なんで？

とりあえず電話に出る。

『前屋敷さん、ですよね』見知らぬ男性の声。『オオイズミソウゴです』

「……おおいずみ？」

一拍置いて、赤いガウンがありありと蘇《よみがえ》った。

「蒼梧くん。どうして？」声が上ずった。連絡先を教えた記憶はない。「ごめん、電話もらって嬉《うれ》しいのよ。だけど、びっくりして」

『これからスーさんユンさんの家に来られますか。あのときのお礼を言いたくて』

彼の声は明るいように感じられ、心があたたかくなった。私のおせっかいも少しは役に立ったのだろうか。

「とても嬉しいけれど、実はね、スーさんたちは私のことを……」

『ボクがお茶会に招待します。二人から名刺を見せてもらったんです』

それで真希の番号を知ったのか。松下純子さんたちとお近づきになれる絶好のチャンスだ。もちろんすぐに駆けつける。だがしかし……

隣で聞き耳を立てているカーディガン女性を一瞥《いちべつ》した。口を引き結び、すがるようにこちらを見ている。

まったく。首を突っ込んで後悔するのはいつものことだけど。

一瞬だけ迷ったのち、真希はすまなそうな声色を出した。

「蒼梧くん、とっても図々《ずうずう》しいお願いなんだけど、私のほかにもう一人招待してもらえないかしら」

「ようこそいらっしゃいましたマエヤシキさん」

荘厳な玄関先で魔女……いやスー、ユンのどちらかが、棒読みのような歓迎の言葉を吐いた。

「図々しくお邪魔してしまいました」

真希は及び腰になりながらメグドロで求めた紅茶クッキーを差し出す。お代官様にわいろを渡す廻船《かいせん》問屋みたいに「へへ〜っ」とでも言ったら似合いそうだ。

魔女の後ろから蒼梧がひょっこり顔を出す。

「ども。来てくれてよかったです」明るい雰囲気だ。「スーさん、お水を例の容器に入れましたけど、運んでいいですか」

彼女はうなずいた。蒼梧くんありがとう、こちらはスーさんね。

魔女は無表情のまま、真希の隣の女性を見つめる。

「そちらの方のお名前をお伺いしてよろしいかしら」

カーディガン女性は目をしばたたかせてキョロキョロしていたが、声をかけられ慌てて頭を下げる。

「根岸綾子《ねぎしあやこ》と申します。あの、初めまして」

スーは小さく目礼し、踵《きびす》を返した。

真希は追い返されぬうちにと、急いで上がる。根岸綾子は気後れした様子で靴を脱ぎ、真希に耳打ちした。

「古びた感じですが、築何年くらいでしょうか」

「五十年……いえ七、八十年は経っているかと」

彼女は微《かす》かに顔をしかめた。

「玄関扉のガラス、歪《ゆが》んでいましたけれどヒビが入ったりしないか気になりました。それに、少し変わったにおいがします。やっぱり古いせいでしょうか」

扉は希少な昭和ガラスだし、この独特の香りは天井の素材が極上のヒバだからなのだが、なんとなく説明するのが面倒で、真希はさあと首をひねっておいた。

「これは年代物ですか」椿の屏風《びょうぶ》を指した根岸の目が輝く。「立派ですね」

「昔のものではあるでしょうね」

「もし有名な人が描いたのだとしたら鑑定団とかですごい値段がつきそう……あ、すみません、PTA会長のお宅にもとっても美しい屏風が置かれていたんですよ。どちらのほうが価値が高いかなあと」

嫌な予感がもくもく湧いてくる。この一見地味な女性は、意外な爆弾発言をするタイプかもしれん。

スーは応接間には入らずに左手の廊下を進んだ。真希が未練がましく両開きの扉を振り返ったので、魔女は言った。

「今日はコンサバトリーでお茶会です」

「コンサバ……？」根岸綾子が少し大きな声で聞く。「それはなんでしょうか」

真希は小声で答えた。

「温室です。十八世紀のイギリス王侯貴族の間では立派な温室を持つことがステイタスで、そこで開かれるお茶会は、自然の中でゆったり過ごす気分を味わうことができたそうです」

「ステイタスですか」根岸は大きくうなずいた。「それは大事なことですね」

魔女がまたこちらを見た。余計な解説をしただろうか。早く茶葉について切り出さねば。

真希は、美しい温室《コンサバトリー》の入口でぽかんと口を開けてしまった。

入口側以外の三面と斜めに切られた天井はすべてガラス張りで、五月の陽光がさんさんと室内に降り注いでいた。椰子《やし》、サボテン、アマリリス、紫陽花《あじさい》、そのほか真希の知らない植物が十畳ほどの温室にところ狭しと置かれている。

緑のにおいにむせるようだ。常春の温室。なんと見事な。

片側一面の上部には三段の棚が端から端まで設《しつら》えられており、数々の植木鉢やプランターが並ぶ。一番上段は真希の頭くらいの高さで、垂れ下がるタイプの数種類の草花が並んでおり、あたかも緑が降り注いでいるかのように見えた。

手前の大きな植木鉢のそばには、麦わら帽子をかぶって腕にアームカバーをつけた男性がシャベルを手にしゃがみ込んでいる。園芸の専門家だろうか。

木製の白い大きな丸テーブルと背もたれつきの丸い椅子が中央に五脚置かれていたので、真希はその一つに座った。

根岸も隣に腰かけると、室内を見渡しながら小声で言った。

「ここがコンサバトリーですか。ずいぶんごちゃごちゃした感じですね」

いやいやこんな見事な温室はめったにないでしょ、どこをどう見るとそんな感想になるの？　とは言わずにうなずく。彼女の美意識は真希とは違うようだ。

根岸は興奮気味に聞いてくる。

「さきほど案内してくださった黒いワンピースの女性がこのお屋敷の方ですよね。それと、さっきの男の子は息子さんでしょうか」

「スーさんが屋敷の主《あるじ》で、蒼梧くんはスーさんの知人です」

「では、あちらはご主人でしょうか」

麦わら帽の男性がひょこりと顔を上げた。宇津木だ。真希は立ち上がって挨拶《あいさつ》した。

「シンビジウムに虫がついたというので来たのだ。わたしにはお構いなく」

メガネのブリッジを軍手の指でくいっと持ち上げ、再び花に向き合った。大手メーカー勤めだと言っていたので、園芸は趣味だろう。少し意外な感じもしたが、人がどんなことに興味を持つか外見の印象からはわからないものだ。

宇津木がスーの夫ではないとわかると、根岸は真希にすがるように言ってきた。

「スーさんが、祁門櫧葉種を使ったキーマン茶を持っていらっしゃるんですよね」

「いや、そうかもしれないというだけでして」

実は、前回のお茶会の際に垣間見《かいまみ》た紅茶の籠《かご》の中に不思議な雰囲気の漢字を認め、妙に印象に残ったのであとで調べて、珍しい茶葉だと知ったのだった。その缶が、今もここにあるかはわからない。

しかし、根岸はそれがあると決めているかのように言った。

「譲っていただけないと本当に困るんです。前屋敷さんも一緒に頼んでくださいね」

決死の様相だ。

真希は密《ひそ》かにため息をついた。魔女と親交を持てる絶好のチャンスなのに、なんでこんな余計なことを。

かくなる上はうまく話を持っていくしかない。頑張れ、前屋敷真希。為《な》せば成る。

蒼梧がワゴンを押してきた。卓上ウォーターサーバー大の円筒形のものが載っている。銅製だろうか、赤くツヤツヤした表面に温室の草花が華やかに映っており、とてもきれいだ。下部には蛇口のようなものが付いている。

「それは、なんですか？」

根岸綾子が乗り出すと、蒼梧が椅子に座りながら答えた。

「サモワールというものだそうです」

サモはロシア語で〝自分で勝手に〟、ワールは〝沸いている〟を意味する。ロシアの伝統的な茶道具で、湯沸かし器と言ったほうがわかりやすいかもしれない。筒状の部分に水を入れて湯を沸かし、蛇口からポットに湯を注いで紅茶を作る。ポットを一番上に置いておけるので保温にもなるという優れものだ……と先日読んだ本に書いてあった。

根岸はじっとサモワールを見つめた。

「骨董《こっとう》的な価値もあるんでしょうか」

蒼梧がさあ、と首をかしげると、宇津木が立ち上がって言った。

「電気式なので、比較的新しいものでしょう」

「じゃあ、そんなに値段は張らないんでしょうね」

根岸は興味を失ったように、そっけなくうなずく。

真希は微かな苛立《いらだ》ちを覚えた。玄関の屏風も値段がどうとか言っていたっけ。彼女の価値基準は値段が高いかどうかにあるらしい。まあ、それも一つの見方ではあるが。

「サモワールは」宇津木は軍手を外す。「ユンさんが海外で求めたものです」

「海外で、ですか」

真希が答えると、彼はやってきて椅子に座った。

「ユンさんは若い頃、ツアーコンダクターやフリーの通訳者をしながら世界中を飛び回っていたそうだ」

魔女がホウキに乗って世界中を飛び回る様子を思い浮かべて、真希は苦笑した。どうもこの屋敷に来ると、普通と違う感覚に陥りがちだ。

「ユンさん？」

根岸が聞いたので、真希はスーとユンが双子であることを説明した。

魔女たちの情報を得る絶好のチャンスなので、宇津木に尋ねる。

「スーさんはどんな方なんですか？」

「彼女は幼稚園の先生だったと聞いたな」

「ああ、それでピアノが弾けたり、みのりちゃんが話した童話についても詳しかったりするんですね」

「手先も器用で裁縫が得意だそうだ。今は子供向けの布製雑貨を手作りして、あちこちの店舗に卸しており好評を博しているとか」

なるほどなるほど。もっと情報収集を、と乗り出しかけたとき、スーがワゴンを押してやってきたので真希はすまして口を閉じる。

イメージとしては、ユンが活動的でスーが家庭的、といったところか。しかし外見はそっくり同じで、まったくそんな雰囲気は感じられない。今も、目の前の人が実はユンだったとしても、真希にはわからない。

魔女は、和風の花模様がついた揃いのティーセットをワゴン上段からテーブルに移した。下段からは麗しのティーフーズが取り出され、一気に甘い香りが広がる。

直径二十センチのホールケーキはダークチョコでコーティングされていた。もうひとつのホールケーキはスポンジの上に粉砂糖がまぶされており、クリームがサンドされている。どんな味か、早く食べてみたい。

中央に赤いジャムのついた花形のクッキーは愛らしく華やかだし、隣のリーフパイからは焼きたてのような香ばしさがにおい立つ。

薄切りのライ麦パンには、クリームチーズやラディッシュ、ミントの葉などが彩りよく載せられている。小ぶりのクロワッサン、こんがり焼かれたプレッツェル、三角形のミニサンドなど、見ているだけで幸せな気分になってくる。

ああ、待っていたのよ、こういうお茶会。

真希はレース模様のついた美しい白皿に盛られた、茶色いスティック状のものに目を止めた。なんだろう。

「スーさん」宇津木が尋ねる。「ひょっとして、これは芋けんぴですか」

「ええ。いいサツマイモが手に入ったので作ってみたの」

なんと手作り。真希も大好きなお菓子だ。蒼梧も嬉しそうに手を合わせた。

「お茶会で芋けんぴって、自由な発想でいいですね」

本当に。まるで和と洋を大胆にミックスさせたこのお屋敷みたいに柔軟だ。

根岸綾子は色とりどりのティーフーズに目を輝かせつつ、ふと首を傾げた。

「アフタヌーンティーのときには、三段になっているお皿を使うのが正式なんじゃないですか？」

「スリーティアーズは」宇津木が淡々と述べる。「テーブルが狭い場合の苦肉の策で、このようにテーブルがゆったりしているのならば特に必要ないのです」

「なんだ、そうなの。わざわざ明日のお茶会のために買ってしまったわ」

彼女のがっかりした様子を見て、蒼梧がさりげなく声をかける。

「三段のお皿はあったほうが盛り上がると思いますよ。祖母がお茶会を開くときは、いつも使っています」

根岸はおざなりの笑みを浮かべた。蒼梧は白いTシャツとジーンズ姿なので、医者一家のおぼっちゃまには見えない。有名私立校白金聖パウロ学園の制服姿だったら彼女の態度も違ったかも、と真希は皮肉な見方をする。

湯が沸いて、テーブル周囲がほんのりあたたまる。スーはよどみない動作でポットに湯を注ぎ、紅茶の缶を取り出した。

「今日はアッサムブレンドにしました。渋みはあまり強くないはずですが、お好みで、お湯で薄めたりミルクやお砂糖も使ってください」

茶葉がポットに投入され、やがて芳香が温室内に漂った。魔女がカップに茶を注ぎ、それぞれの前に置く。

宇津木が軽く右手を上げながら言った。

「わたしは、ロシア式でお願いしたい」

「ロシア式？」

根岸が聞くと、スーがポットのひとつをサモワールの上部に載せた。

「こうして蒸らすことで、えぐみや渋みを和らげることができるの」金属のホルダーがついたガラス製のカップを取り出す。「これに注ぎ、お好みでお湯を足して自分の好きな濃度にして飲むのがロシア式よ」

「この飲み方は実に合理的だ」宇津木が満足そうに言う。「いつでもあたたかいお茶が飲めるし、好みの濃さにできる。寒い国ならではの工夫があります」

国によって紅茶の飲み方はそれぞれだと、真希は最近知った。様々な国の飲み方を試してみたいと思っていたので、サモワールが出てきたのはラッキーだ。

「ティーフーズはどれでもお好きな順番で上がってください。アフタヌーンティーといっても堅苦しくなくいきましょう。ああ、ケーキが欲しい方はおっしゃってね。これを切り分けるのは女主人《ホステス》の役目ですから」

宇津木がいち早く芋けんぴに手を出し、蒼梧はチョコレートケーキを分厚く切ってもらった。

根岸は全種類を自分の皿に取り、ひとつひとつ確かめるように食べている。

真希は、まずミニサンドから。トマト、レタス、チーズという定番の中身だが、なんとも言えず美味だ。真希は言った。

「スーさん、今日のサンドイッチもとても美味《おい》しいです。チーズはなにを使っているんですか」

「モッツァレラチーズよ。薄く切って、オリーブオイルを少ししみこませたトマトも一緒にね。モッツァレラはオリーブオイルと相性がいいの」

なるほど。心の中にメモ。いつ料理するかは未定だが。

チョコレートケーキはバニラ色と薄茶色のスポンジが交互に重なり、間に挟まれたチョコクリームは甘さが控えめだ。外側のダークチョコからは仄《ほの》かにブランデーの香りが漂い、日ごろ頑張っている大人へのご褒美の逸品のように感じられる。

もうひとつのホールケーキは『ヴィクトリアサンドイッチケーキ』という名がついていた。スーが切り分けながら説明してくれる。

「ヴィクトリア女王は辛《つら》いことがあったとき、このシンプルなケーキにとても慰められたそうなの。二つの型でスポンジを焼いて、バタークリームとジャムを挟むというシンプルなものだけれど、挟むフィリングによってバリエーションがいろいろ楽しめるんです。今回は、ルバーブのジャムを作ったところだったのでそれを挟んでみたけれど、グーズベリージャム、レモンカードなども美味しいわね」

ルバーブ、グーズベリー、レモンカード。心のメモは美味しそうな単語で埋まっていく。

もちろん芋けんぴにも手を出す。細身で黄金色でカリッカリ。私好みだわ。手が止まりそうにない。

胃袋があとふたつみっつ欲しいと切に願っていると、それまで静かにしていた根岸綾子がおずおずとスーに尋ねた。

「この紅茶のブランドはなんですか。美味しいです。お高いんでしょうか」

「日東《にっとう》紅茶ですよ」

「なんだ、そうですか」意外そうに目を見張る。「私は、てっきりどこか外国の立派なブランドのものかと」

「日東紅茶も立派なブランドですよ」宇津木が目を光らせた。「昭和二年に三井《みつい》財閥が紅茶に目をつけ、日本初のブランド紅茶『三井紅茶』を作ったのが日東紅茶の大もとだ。当時は超高級品で、有産階級やエリート層しか手に入れることができなかったのです」

「では、日東紅茶ってすごいブランドなんですね」

どの紅茶も言わばブランド品だという気もするが、彼女の中で目の前の紅茶の格が上がったようなので、まあよしとするか。

「紅茶って本当にたくさんの種類があるんですよね」根岸はおどおどと続けた。「中国の紅茶が有名だとは知りませんでした。紅茶といえばヨーロッパってイメージで」

「茶の発祥は中国で……」

宇津木が説明しようとすると、根岸綾子が急に乗り出した。

「あのう、すみませんが祁門櫧葉種使用のキーマン茶がこちらにあると聞いたんですが、それをお譲りいただけませんでしょうか」

スーが驚いた表情を見せる。

根岸さん、急に頼んではダメよ。もっと場の空気をあたためてからさりげなく切り出すべきなのよ。真希はしかたなく引き取った。

「実は、前回こちらにお邪魔したときに『祁門櫧葉種』と書かれた缶があるのを見かけていたんです。紅茶専門店でそれを探している根岸さんと偶然お会いして、つい、缶を見たことがあると言ってしまいまして」

スーは真希を見つめてきた。いやすみません、たまたま見えてしまったんですって。なんせ視力はいいものですから。

「お願いします」根岸綾子は立ち上がり、深々と頭を下げた。「どうしてもその紅茶が必要なんです。でないと私、PTAでの立場がなくなるんです」

魔女は少し興味を持ったように首をかしげ、真希を見た。

「どういうことかしら」

「それが、私もよく知らず」

スーはじっと根岸を見つめたのち、意外にも柔らかい口調で言った。

「事情をお話しいただけますか？」

根岸は深刻な顔つきで椅子に沈み込み、訥々《とつとつ》と話しはじめた。

「私の娘は、アマリリス学園の中学二年生でして」

「二代前の総理大臣の出身校ということもあり、有名な中高一貫校ですね」

宇津木の言葉に、根岸はぱっと顔を輝かせた。

「そうなんです。うちはしがないサラリーマン家庭なんですが、たまたま家から近いのでチャレンジしたところ、娘が見事に合格しまして」

「それは優秀だ」

宇津木が大真面目な顔で言ったので、根岸綾子の頬が染まる。

「ありがとうございます。主人も私も勉強はどちらかというと苦手なので私立受験なんてと思っていたんですが、娘が、仲のいいお友達が受けるから自分も頑張ると言い出したんです。そのお友達より娘のほうが少し成績がよかったので可能性はあるかもしれないと塾に通わせることにしたんですが、入塾テストではそのお友達に惜しくも負けてしまい、クラスがひとつ下に……」

「すみません」真希はやんわり遮った。「中学受験から話すと長くなりますので、優秀なお嬢さんが入学されたアマリリス学園のPTAについてご説明いただけますか」

彼女の頰がさらに赤らんだ。

「そうですよね、すいません。私、説明をするのが苦手で」

宇津木とスーが真希を見た。根岸綾子をきちんと誘導せい、という視線だ。

「根岸さんは、お嬢さんの通う中学のPTA役員をされているんですね」

「はい。娘が二年になったときに、クラスの保護者会でくじ引きをして、運悪く当たってしまったんです」

ということは、やりたくてやっているわけではない。

「そして、そのPTAの集まりで、キーマン茶が必要になったんですね」

「なにしろ三ッ谷会長が『あれは絶品でした』とおっしゃったんですから、用意しないわけにはいかないんです」

宇津木が怪訝《けげん》そうな顔で聞く。

「三ッ谷会長とは、そんなに絶対的な権限を持っている人物なのですか」

根岸は堅苦しい表情で答える。

「三ツ谷香奈江《かなえ》さんは特別です。もう四年も続けて中高ともに会長をしていらして、校長だって一目置いているようなすごい方なんですよ。ご自宅は、それはそれは素晴らしいです。外装はモダンで室内も洗練されていて、最新設備がふんだんに取り入れられています。お庭も整然としていて、とても美しいものでした」

彼女はふと温室を見回した。それに引き換えここはごちゃごちゃして、という視線に感じられたのは、真希の気のせいだろう。

「会長のご主人は大手商社にお勤めで、香奈江さんは大手銀行の元頭取の娘さんだそうで、三人いるお子さんはもちろんアマリリス学園の生徒で高三、中三、中一です」

「あそこの学費はそうとう高いはずだ」宇津木は淡々と言った。「根岸さんも大変でしょう」

根岸は我が意を得たりと大きくうなずいた。

「そうなんです。でも娘のためです。やはり出身校は将来に響きますよね。だから主人も残業を増やして、私も娘の入学と同時にパートの仕事を始めたんですが、その上司というのが神経質で口やかましい人で……」

話が脇道に逸《そ》れそうなので、真希は根岸に聞いた。

「会長のお宅をご存じだということは、仲よくしていらっしゃるのですね」

彼女は慌てたように手を横に振る。

「とんでもない。普通なら私なんてお近づきになれるような方じゃないんです」

だが第一回のミーティングの際に、会長がこんなことを言いだしたという。

――役員同士もっと交流を深めるために、持ち回りで懇親のお茶会を開くのはどうかしら。初回はもちろん、宅にいらしてくださいな

反対意見は出ず、役員たちは月に一回、自宅に役員八名を招待することとなった。

「四月下旬に開催された会長のお茶会は、すべてが完璧《かんぺき》でした」

会長の自宅のリビングはモダンで豪華で、広々としていた。揃えられた食器類はどれも高級ブランド品。スプーンやフォークは銀製。紙ナプキンも凝った作りのもの、ティーフーズ用の三段の皿はもちろん、そのほかの小物もすべて一流品であろうと思われた。

「ホテルのティールームから特別に取り寄せたティーフーズはどれも逸品で、お腹いっぱい食べてもまだ山と残っていました。会長のホステスぶりも素晴らしく、それはもう細かい気遣いをしていらして、皆さん、大満足な様子でした」

会長は全員に紅茶のお代わりを注ぎながら言ったという。

――ヴィクトリア時代の英国では、貴族だけでなく一般家庭の女性たちも競ってアフタヌーンティーをおうちで開いたそうよ。主婦たちにとってのお茶会は、いかに幸

福な家庭を築いているかを披露する場だったのです。夫や子供に尽くし、家を守る〝家庭の天使〟になることが美徳だったのね

根岸綾子はうっとりと続けた。

「私も家庭の天使に憧《あこが》れます。『いい奥さんですね』『優しいお母さんね』と人から言われるのが嬉《うれ》しいし、娘のために頑張る母って美しいじゃないですか」

自分の母と少し似ている、と真希は思った。前回のお茶会の際に宇津木が「あなたのお母さんの考えにも一理ある」と言ったが、娘のために頑張る母親を否定はしないし、むしろ偉いと思う。だが、真希の中にはモヤモヤしたものがくすぶり続ける。

「その完璧なお茶会の次の幹事が、くじ引きで私になってしまったんです」彼女は悲痛な様子で訴えた。「明日、皆さんをうちへお呼びしなければいけなくて」

確かに、状況はなかなかハードそうだ。

「我が家は2LDKの中古マンションで、三ツ谷会長の家とは比べ物にならない粗末な部屋です。幸い面積だけはそこそこあって、第三回のお茶会を受け持った隣のクラスの方のリビングよりは広いですから、そこはうちが有利です」

……有利？

「食器は、うちのティーセットでは数が足りず、妹から借りてなんとか間に合わせました。うちの食器のほうが高級だったので、そちらを会長や三年の役員さんに出すっ

もりです」

食器にも優劣をつけるのね。まあ、いいけれど。

「ティーフーズはネットでいろいろ調べて、有名ブランドのものなら間違いないので注文しました。ほかに、飾るお花やナプキンなど小物を揃えたらずいぶんと出費になりましたが、それでもなんとか形は整いました」

彼女は、いよいよというように顎《あご》を引いた。

「問題は、紅茶です。会長は何種類もの茶葉を用意していたので、私もそうしないといけません。でも紅茶の種類なんてチンプンカンプンです」

家に、お歳暮でもらってそのまま取ってあったロイヤルコペンハーゲンの紅茶缶が家にあったので出してみたが、中身はティーバッグだった。

「会長はきちんと茶葉を使っていらしたので、ティーバッグはダメですよね。茶葉より劣りますから」

そうとも限らないが、茶葉で出したほうがよさそうな雰囲気ではある。

「それで新宿《しんじゅく》のデパートに行ってみたんですが、いろいろ種類がありすぎてわかりません、試しに買うといってもお高いし、そもそも私が飲んだって、会長が気に入るかどうかなんてわからないし」

彼女は膝《ひざ》の上で両手を握りしめ、俯《うつむ》き加減に続けた。

「この先、ほかの役員さんもホステスを務めるわけです。会長はじめ皆さんに『根岸さんのお茶会は一味違っていたわ』と思ってもらえないと、私や娘の立場がなくなります。もし逆に『イマイチだったわね』なんてことになったら……」嘆くように首を横に振る。「それで昨日、学校でPTAの集まりがあったので、会合のあと思いきって三ツ谷さんに話しかけたんです」

――会長は、どのお紅茶が一番よいとお思いですか

――そうねえ、もちろんどんな紅茶も一流のメーカーのものは美味《お い》しいと思いますけれど

彼女は少し顔を近づけて言ったという。

――根岸さんは熱心でいらっしゃるからこっそり教えてさしあげますけれど、私が一番美味しいと思ったのはイギリスで飲んだキーマンです。あれば絶品でしたわ。今ではいろいろと在来種が使われているキーマン紅茶ですけれど、私がいただいたものは、キーマンショヨウシュという品種から作られた希少な紅茶でしたわねえ。ああ、そういえば目黒にこぢんまりした専門店ができたのをご存じ？　珍しい紅茶を揃えているから、あそこもお薦めよ……

「中国の紅茶なんて初めて知りました。呪文《じゅもん》のように品種を唱えながら家に帰りネットで調べましたが、よくわかりません。それで、会長お薦めの目黒の店に行って店員

さんに聞いてみたんですが、新人だったのか、扱っているキーマン茶が祁門櫧葉種から作られたかどうかわからないと言われました」

　真希はうなずき、彼女と出会った経緯を簡潔に話した。

「ご事情はわかりました」スーがチラリと真希を見たのち、はっきりと言った。「私は確かに祁門櫧葉種から作られたキーマン茶を持っています」

　根岸綾子が乗り出しそうになるのを、スーが制した。

「ですが缶を開けたのは少々前でして、風味はかなり落ちているのでお薦めはしません。それにキーマン茶は、慣れない方には淹《い》れ方が難しいかもしれないわ。一般的に美味しくいただけるダージリンやアールグレイをお出ししたほうがよいのではないかしら」

　柔らかいながらもきっぱりした口調に、根岸は苦悩の表情を浮かべる。

「でも、会長が『一番美味しい』とおっしゃった紅茶です。わざわざお伺いを立てたのに、その紅茶を出せなかったら私は会長に嫌われて、みんなから疎外されて、私も娘も空気のように扱われてしまうかもしれません」

「空気？」真希は思わず声のトーンをあげた。「たかがPTAの集まりで、そんな大げさな」

　根岸綾子は冷ややかな視線をよこしてくる。

「失礼ですけれど前屋敷さん、お子さんは？」

「独身です」

彼女はがっくりと肩を落とす。

「ではおわかりにならないわね。ＰＴＡで母親がつまはじきにされたら、娘のコミュニティでも同じことが起きるんですよ」

「もし実際にそんなことが起きたら、学校で公にして問題にしたほうがいいのでは？」

「そんなことできるわけないじゃないですか！　学校も三ツ谷会長に一目置いているんです。一介の役員がいったいなにを言えるっていうんです。とにかく、私は会長のおっしゃるキーマン茶を出さなければならないんです」根岸はスーに向かって頭を下げた。「お願いします、その缶を譲ってください」

魔女は明らかに渋い顔だ。風味の落ちたものは譲りたくない、ということか。

「ボクは」これまで黙っていた蒼梧が発言した。「学校に存在するヒエラルキーみたいなもの、ちょっとわかります」

根岸綾子は、はっと青年を見た。

「影響力の強いやつが『それが一番だ』って言えばそれで決まり。違う意見があっても言わないでおく。目立つことをしてみんなから疎外されたくないから」

澄んだ瞳《ひとみ》に見つめられ、根岸綾子の顔が少し歪《ゆが》んだ。

「そういうわけでは……一番いいと言われているものを皆さんにお出ししたら喜ばれるでしょ。皆さんのためですよ」

蒼梧の言葉は根岸の痛いところを突いたようだ。彼は『いい子』をやめたのだろうか。

宇津木が指を二本突き出して言った。

「そのPTA会長はあなたに二つのことを言っている。ひとつは、長い名前の茶種のキーマン茶、そしてもうひとつは目黒ドローイングルームという店。どちらかをクリアすれば問題ないのでは？」

明快な論理に真希は大きくうなずいた。根岸はやや不満げに答える。

「でも、目黒ドローイングルームのことは『あそこもお薦めよ』とおっしゃったんです。『も』ってことは、やはり一番はキーマン茶ですよね。本当はあの店に会長のおっしゃるキーマン茶があることがベストだったんですが」

宇津木が、まあまあというように手を振って言った。

「わたしには二人の子供がいますがPTAに参加した経験がないので、そこに存在するヒエラルキーがどんなものかは知りません。だが根岸さんの娘さんを想う気持ちもわかる。例えば会社でわたしの立場が悪くなれば、妻同士の間柄もぎくしゃくするというのは想像に難くない。家族とはそういうものかもしれない」

根岸綾子は大きくうなずいた。

「だが今回は」宇津木は冷静に続ける。「紅茶に詳しいスーさんがお薦めしないと言っている。総合的に判断すると、別の茶葉を使用したほうがいいと思うが」

「でも会長が」根岸は訴えるように言う。「キーマン茶が絶品だと、会長が」

初対面のスーよりも会長の意見を重視するのはわからないでもない。が、結局のところ彼女は、誰のアドバイスも検討するつもりはないように見える。

真希はそれでも、熱を込めて言った。

「では、根岸さんがお薦めしたいと思うものを出されたらどうでしょう。会長でも、スーさんでも私でもなく、あなた自身が美味しいと思うものを」

少しの間の沈黙ののち、彼女は頑《かたく》なな表情で言った。

「会長が『一番』とおっしゃったんですから、それが一番ですよね。だからそれが、私のお薦めです」

先ほどから感じていた微《かす》かな苛立《いらだ》ちの原因が判明した。

彼女には物事を判断するときの明確な基準がない。だから何かと何かを比較して、どちらがより上か、と常に考えているのだ。例えば、会長の自宅と魔女の屋敷、娘さんとお友達の成績、自宅のリビングと隣のクラスの役員のお宅、そして、会長の意見とスーさんの進言……

こういう人に理詰めで話してもこちらの真意は伝わらない。押して押して押しまくる真希でもさじを投げそうだ。

スーがゆったりと立ち上がった。全員を見回して、穏やかに話しだす。

「お茶の木って、もともとひとつだってご存じですか？」

根岸は顔を上げる。

「日本茶と紅茶が同じ葉だってことくらいは知っています」

宇津木が話し出した。

「日本茶、紅茶、そしてウーロン茶もすべて同じ葉っぱからできている。『チャの木』はツバキ科ツバキ属の常用樹で、椿やサザンカの仲間だ。日本では意外とあちこちに生えていたりする。明治期には世田谷区《せたがや》でも茶葉が作られていたそうだ」

製品としての『茶』に対し、植物としての茶は『チャ』と表記される。栽培品種は大きく分けると中国種とアッサム種に分類され、どちらの品種からも緑茶、紅茶、ウーロン茶すべてが作られる。

「違いは発酵の度合いだ。簡単に言うと発酵させないものが緑茶、少し発酵させたものがウーロン茶、全発酵が紅茶。そのほか、麦茶や杜仲茶《とちゆうちや》などは『茶外茶』と呼ばれたりしますが、日本ではどれも『茶』の一種だと思われていますね」

根岸綾子はとげとげしい表情のままだ。

「おおよそはわかりました。それで結局、一番いいお茶はどれなんでしょう」

スーは彼女を見つめて言った。

「なにがいいかは、人それぞれ違います」

根岸は眉根《まゆね》を寄せる。スーは淡々と話を続けた。

「もとは一緒の木。同じ葉っぱ。それを人間が『もっとこんな味がいい』『あんな香りが好き』といろいろ作りだした。それはただの区別であって、どちらがより勝っているか、ということとは違うんですよ」

優劣をつける必要はない、ということだ。

だが根岸綾子は困惑した様子で言った。

「ですから、私だって『キーマン茶がいい』と区別しているつもりです」

彼女の区別はお茶の味ではなく、会長の言葉によってなされている。そしてそれは、会長が好きだからというより、権力者に従っておこうという意識からだ。

「人間も同じだと言われることがありますね」スーがゆったりと続ける。「私たち人類は、もとは一人のアフリカ人女性、ミトコンドリア・イブだ、という説です。長い年月を経てさまざまな人種に分かれていった。ただ区別されただけ。けれど、人間は時に、人種にも優劣をつけたがる。なぜなんでしょうねえ」

魔女は小さな缶を取り出した。

「お薦めはしませんが、どうしても必要ということでしたらお譲りします」

根岸綾子ははっと立ち上がった。

「ダージリン、アールグレイはちょうど新しい缶があります。よろしければこちらもお持ちください」

真希は急いで自分のバッグから袋を出した。

「メグドロで買ったオリジナルティーです。これも美味《おい》しいですよ」

根岸は震える手でそれらを受け取った。

「ありがとうございます。おいくらでしょうか」

「差し上げます」

スーが言ったので、真希もうなずいた。

「どうも、ご親切に」

根岸は缶をバッグにしまうと深々と頭を下げた。

「本当にありがとうございました。あの、すみませんが私は明日の準備をしなければいけないので、これで」

「前屋敷さん、お見送りしてくださるかしら」

魔女の言葉に真希はうなずいた。

玄関で根岸が靴を履く際に、真希は名刺を取り出した。

「そういえばご挨拶《あいさつ》していませんでしたが」

彼女は目を見開いた。

「ミノベ不動産。あの大手の」

「開発部で営業をしています」

根岸は土間に立つと、こちらを向いた。

「お茶会に誘ってくださったことは感謝してます。本当に助かりました。「前屋敷さんはバリバリのキャリアウーマンなんですね。きっと、私の気持ちは……」

真希を見つめる顔には不満と諦念《ていねん》の表情が入り混じっていた。「前屋敷さんはバリバ

根岸綾子はガラス戸前でまた立ち止まり、視線を外したまま頭を下げて出ていった。

真希はあとを追わなかった。

——私の気持ちはわからないでしょうね
そう言いたかったのかもしれない。

確かに、私は結婚したことも子供を持ったこともない。PTAの組織も知らないし、会長が気に食わない人だったら対等にやりあっちゃうし、自分が美味しいと思ったものを堂々と皆さんに振る舞うだろう。

モヤモヤした気持ちを払拭《ふっしょく》するように決然と踵《きびす》を返し、大股《おおまた》で戻る。

でも。

真希は廊下で立ち止まった。

根岸さんは明日、どんな顔をしてお茶会を開催するんだろう。どの茶葉を出すんだろう。娘さんは、そんな母に対してどんな気持ちを持っているんだろう……

真希は少し落ち込んだ気分になる。

私は根岸綾子が大事だと思っているものを真っ向から否定したのだろうか。だから彼女は去り際にあんなことを言ったのか。

ふと、つぶやく。

「私が大事にしていることも、他の人が見たら変だって思うのかな……」

「いいんじゃないですか、別にそれでも」

声をかけられ、慌てて振り向いた。蒼梧が、サモワールの載ったワゴンを指しながら肩をすくめる。

「片づけを手伝っていて」

「そう。ご苦労さま」

彼は真希を見つめた。

「この間はありがとうございました。話を聞いてもらって助かりました」

「私は、別に」

「あのお茶会のあと、よく考えたんです。そしたら、このまま『いい子』でもいいかなあって思えるようになって」

「すごい、もう悟ったのね」

「悟ったってほど立派なものじゃないな」彼は静かに瞬《まばた》きした。「人ってそれぞれ大事なことが違いますよね。ボクはここのお茶会で自分の気持ちを再確認できた。ほかの人が見たら『そんないい子じゃなくていいんじゃない？』って言うかもだけど、それがボクのやり方で、兄のように人に迷惑かける人生は好きじゃないってわかったんです」

やっぱりいい子だなあ。純粋にいい意味で。

「医者になるかどうか考えるいい機会にもなりました」

「どうするか決めたの？」

「はい。兄とは関係なくて、父や祖母とも関係なく、ボクがボクとして、なるって決めました。小さいころ、祖父の医院で患者さんが祖父に感謝している姿を見て、こんなふうになりたいと憧《あこが》れていたことを思い出したんです」

潔い。

若いっていいなあ。年寄りみたいな言い草だけど、つくづく思う。

「さっき、私のつぶやきに応《こた》えてくれてありがとう。はっきり言ってもらえると元気が出るわね。私も、『私は私』って思うことにする。蒼梧くんはホントすごいわ」

「前屋敷さんがこの間はっきり言ってくれたから、そのお返しです」蒼梧は恥ずかしそうに笑った。「それに、自分を癒《いや》す方法を知ったので」

気づきの土壌を作るために、まずは自分を整える。

前回、魔女のお茶会で教わったことだ。

「あの翌日、自然教育園に謝りにいったんです。池に入っちゃいました、って」

「叱られた？」

「ユンさんが先に話をしてくれていました。あそこの常連客で、係の人とも仲良しだそうです。だから、少し注意されただけですみました。その足で改めてお礼を言うためにここに来たら、二人から仕事を頼まれたんです」

スーが作製した様々な小物を雑貨店などに卸す連絡業務や発送作業は、ユンが担当しているという。

「ユンさんが、もう年だからネットを使っての連絡業務がおっくうだし、作業場が二階にあるから荷物運びを助けてほしいって」

「ユンさんたち、何歳くらいなのかしら」

「六十八歳だそうですよ」

もっと若いと言われても納得する。肌の美しさは、やっぱり〝美魔女〟だ。

「祖母の家の帰りにここに寄って、ネットの操作や荷物運びなんかを手伝っているんです。だから祖母を訪ねるのが苦痛じゃなくなりました。勉強も部活も、親のためとかじゃなくて、自分のために頑張ろうと思えたし」

「そうなのね。偉いなあ」

蒼梧がふと茶目っ気のある表情で言った。

「前屋敷さんは二人のこと、『魔女』って呼んでるんですってね」

冷や汗が出る。

「なんで知ってるの？」

「本人たち、けっこう嬉《うれ》しそうでしたよ。『私たち、魔女かぁ』って」

そうなんだ。いや蒼梧くん、ほんとうにありがとう。

「ボクも『魔女に助けてもらった』って思うと、なんだか得した気分です」

いい子だわ。いつまでもいい子でいてほしいなあ。

彼はワゴンをキッチンに運んだら祖母のところへ行くというので、その場で別れ、真希は温室に戻った。宇津木は園芸作業に戻っており、スーが食器を片づけていたので手伝いを買って出る。

相変わらず魔女はそっけないが、少し雰囲気が和らいだように感じ、思いきって言ってみる。

「やっかいな人を連れてきてしまってすみませんでした。紅茶専門店で必死な様子で店員に質問しているのを見て、どうにも放っておけず」

「前屋敷さんはおせっかいなのね」彼女は真希をまっすぐ見た。「根岸さんのような人には、前屋敷さんみたいにはっきりものが言える人が必要かもしれないわ」

「……もう会うこともないとは思いますが」

彼女が無事にPTAお茶会を開催できることを祈ろう。

テーブルが片づいたところで、真希はバッグからスプーンを取りだした。

「これ、ありがとうございました。感慨深いです」

スーはうなずいた。

「その意味がお分かりになったのね」

「人生初めてのお茶会、クリスニングティーですね」

イギリスでは、赤ちゃんの英国国教会への入信を表す洗礼命名式《クリスニング》が終わると、ティーパーティが開かれる。そこで赤ちゃんは〝生まれて初めての紅茶をいただく〟ことになる。

「『銀のスプーンをくわえて生まれてきた赤ちゃんは幸せになれる』とも言われていて、赤ちゃんにスプーンを贈る習慣があるそうですね」真希は慈しむようにスプーンを撫《な》でた。「嬉しかったです」

彼女はじっと真希を見つめたのち、ゆったりと言った。

「みのりちゃんの招待客でしたし、蒼梧くんの悩みを聞き出した功績もありましたからね」そんなふうに思ってくれていたのか。「土地売却には一切応じませんけど」

「そちらの話は、また別の機会に」

一歩も引かぬ雰囲気を出すと、スーは小さく肩をすくめた。


真希はいつもの小さな出入口から道路に出て、振り返る。

再びのお茶会は、またも不思議なメンバーで開催された。

娘のために奔走する母、昭和の雰囲気満載のおじさん、前向きになったいい子の高校生、いまだに謎めいた魔女、そして閑職に追いやられた不動産営業員。

普段の生活の中ではまったく出会うことのなさそうな人々とのひととき。

緑茶も紅茶もウーロン茶ももとは同じ『チャの木』であるように、我々は同じ人間。誰かが優れているとか、上とか下とかそんなことはなくて、互いに自分の立場でものを考え、意見を述べる。

差別ではなく区別。その上で、「右へ倣《なら》え」ではなくきちんと自分の道を歩く。皆がそんなふうに生きられたら、世の中はもう少し楽しいかもしれない。

第三章　ポットがなくても魔法は使える

A woman is like a tea bag—you can't tell how strong she is until you put her in hot water.
女性はティーバッグみたいなものだ。
お湯に入れるまで女性の強さを知ることはできない（エレノア・ルーズベルト）

「倒れた？　なんで」

思わず電話口で叫んでしまった。

『落ち着け、真希』父の声も上ずっている。『朝ごはんのあと母さん自身が「なんかおかしい」って言いだして、そのまま意識を失ったんで救急車を呼んだんだ』

「……それで？」

『脳梗塞《のうこうそく》だが、幸い命に別状はないし、後遺症もほとんど残らないだろうって』

会社の廊下の壁に寄りかかり、大きく息を吐く。ひとまずよかった。

『いつ、帰ってこられるか？』

「午後休がもらえるよう、これから聞いてみる」

『いや』父は言い淀《よど》む。『まあ、相変わらず忙しいんだろ。無理せずに』

電話を切ってから、『帰ってこられる』の意味が違っていたのでは、と思い至る。

胃の中に突然、重苦しいかたまりが生まれた。

なんの根拠もなく、母はずっと元気だと信じていた。しかし、そろそろ七十歳。父は確か七十二歳だし、両親ともに何が起きてもおかしくない年齢だ。

桜坂部長の席へ走ると、真希は事情を早口で説明した。

「ですので申し訳ありませんが、何日かお休みをいただいてもいいでしょうか」

部長はあっけらかんと言った。

「そりゃあ、すぐに帰ったほうがいいだろう。実家は藤沢だったな。なんなら一ヶ月ぐらい休め。有休も溜《た》まっているだろ」

真希ははっとする。

「いえ、状況を確認しましたらすぐに戻ります」

「急がんでいいぞ」微《かす》かに笑う。「どうせ緊急の仕事もないしな」

否定できない。

ひとまず明後日まで休むと言い残して、会社を飛び出した。

一度マンションに戻り簡単に荷造りすると、恵比寿《えびす》駅までタクシーを飛ばして山手《やまのて》線に乗り、品川《しながわ》駅で東海道《とうかいどう》本線に乗り換えた。

川崎駅で席に座ることができ、ようやく窓外の景色を眺める余裕がもてた。

胃の中のかたまりはどんどん膨らむ。

母はどれくらい入院するのだろう。付き添いは必要なのか。それに、家事なんてできない父は母の入院中に一人で大丈夫か。もし母に後遺症が残ったら、退院後の面倒を誰がみるのか……

『介護』という二文字が、一人娘の真希に大きく重くのしかかってくる。

港区から藤沢の実家までドアツードアで二時間弱。休み前日の夜に帰って、出社前夜にまた戻る。そんな生活、できるだろうか。

頭を小さく振る。今は目の前のことに集中だ。為《な》せば成る。

母は穏やかに眠っていた。

一方、付き添う父は急に老けたように感じられた。久しぶりに会ったせいだ、と真希は自分に言い聞かせる。

「一度帰っていろいろ持ってくるから、それまで付き添っていてくれ」

「私が取ってこようか。今夜は泊まるつもりだし」

「いいって。おまえじゃどこになにがあるかわからんだろ」

それは父さんも同じではと言おうとして、父が母の診察券一式を握りしめていることに気づいた。

「慌てていたんで」父は恥ずかしそうに笑う。「引き出しから全部の診察券を持ってきちまったから、戻さないとな」

母の診察券のありかを知っているとは意外だ。

「母さんの目が覚めたら看護師さんを呼んでくれ」

なぜだか取り残されたような気分で、ベッド脇の小さな椅子に座って病人を見つめる。

母は小太りだが活動的で、趣味のサークルを掛け持ちして元気潑剌《はつらつ》にしていた。もっとも、母の健康への取り組みは三日坊主だった。テレビで「これが身体にいいですよ」と宣伝された商品に即座に飛びつき、すぐに飽きてまた別のものに夢中になるのを、真希はあきれて見ていたものだ。

母とは嚙《か》み合わない。

そんな感覚が常にある。

明るい人で周囲からも好かれているし、家族を大切にしているとは思う。しかし、ときおりドキリとするような嫌みを放ったり、ほかの人の意見をばっさり切り捨てたりする。自分の主義主張を娘に押しつけることも多かった。

女は結婚して子供を持つのが当たり前。〝独身キャリアウーマン〟なんて、しょせん結婚できなかった負け組。持ち家がない人も敗者。子供の教育に失敗した人も落伍《らくご》者。親の面倒は長子がみるのが当たり前で、介護施設に放り込むなんて究極の親不孝だ……

真希は心の中で母に話しかける。

私がこのまま結婚しなかったら、あなたの子育ても失敗ってことかしら。

手持ち無沙汰《ぶさた》に携帯を取り出すと、瞬一から昼過ぎにメールが来ていた。

――ごめん、出張先での作業が長引いていて、明後日の約束までに帰れなくなった。改めて日時を決めたいので、夜にでも連絡できるかな
『今夜、電話するね』と返信し、真希はため息をついた。

真希が仕事を干された春ごろから、瞬一は急に忙しそうだ。二人で会う時間が減っているため、いろいろなことを話していない。真希にとって良くないトピックばかりが蓄積されていくようで、次に会うときが憂鬱《ゆううつ》に思えてくる……

母がぼんやりとこちらを見ているのに気づき、慌ててナースコールを押して看護師を呼んだ。

「お母さん、わかる？　病院よ」

母はじっと見つめ、かすれた声で言った。

「……どこの？」

「西病院《にし》。家で倒れて、父さんが救急車呼んだこと覚えてる？」

母がゆっくり首を巡らせているので、真希は続けた。

「父さんは荷物取りにいってる。じき戻ると思うよ。脳梗塞だけど、すぐに診てもらえたからたいしたことはないって」

母は両手をそろそろと動かし、首を左右に振った。無事に動くことを確認したようだ。ふう〜っとため息をつく。

「中央《ちゅうおう》病院がよかった……ここ、食事まずいって評判だから」

真希は思わず失笑した。相変わらず文句が最初に出てくるのね。

練れた雰囲気の看護師が入ってきて母の様子を確認する。

「落ち着いたようですね」病人に向かってはきはきと言う。「前屋敷さん、ゆっくり寝てくださいね」

忙しそうに出ていく看護師を見やり、母がつぶやく。

「ゆっくり寝るしか、やることないじゃないね」

呂律《ろれつ》がやや怪しいが、頭はしっかりしているようだ。真希はひとまず安堵《あんど》する。母は手に繋《つな》がれた管やベッド脇に置かれたモニターの機械を見る。

「こんなことになるなんて……情けなくて死んじゃいたい」

助かったばかりなのに、まったくこの人は。

父が病室に入ってきたので助かった。このまま二人きりなら嫌みのひとつも放っていただろう。

「コップ、これでいいか。スマホと老眼鏡。あと、歯ブラシと……」

てきぱきと荷物を出す父とほっとした顔で夫を見つめる母を、真希は少し下がって見守った。


父と近所の定食屋で夕食を取り、実家へ着いたときには夜八時を回っていた。

「風呂《ふろ》沸かすからな」

「私がやるよ」

「いや、いい。最近じゃ俺の仕事なんだ」

父は慣れた様子で立ち上がった。

真希は日本茶でも淹《い》れようと茶葉を探したが、以前に置いてあった食卓の脇の棚にはない。うろうろしていると父が戻ってきて「なんだ、お茶か」と冷蔵庫の脇の棚から一式取り出してきた。

父は今になって興奮してきたようで、すでに話した今朝の母の様子を何度もまくしたてながら、段取りよく茶を淹れた。

「……美味《おい》しい」

「そうか？　スーパーで買った普通のお茶っぽだぞ」

淹れ方がうまいのよ、とは言わず、黙って飲む。

事務用品の会社を昨年定年退職したあと、父は趣味のゴルフ三昧《ざんまい》だと母から聞いていたが、実は家事もこなしているようだ。正月に帰ったときには気づかなかったが、家の中を注意深く見回すと父の几帳面《きちょうめん》な性格が随所に反映されているのがわかる。家具や小物は二人だけの生活習慣に則《のっと》って置かれており、真希の存在感はすっかり薄れていた。

先に入れと催促され、ありがたく風呂を使い、真希のものが唯一残っている自室に入った。六畳の洋室は、就職して家を出たころのまま時が止まっている。

髪をタオルで拭《ふ》きながら木製の勉強机の前に座る。クリアマットの中にスペインのサグラダ・ファミリア大聖堂の切り抜きが高校時代と寸分変わらぬ状態で納まっていた。大学時代、友人の貴恵《きえ》が遊びにきたときに呆《あき》れていたっけ。

——真希らしいね。普通、好きなアーティストの写真とか入れると思うけど

昔から荘厳な建物が好きだった。不動産会社に就職を決めたのも、建物好きが大いに影響していた。賃貸仲介の営業から始まり、実績をあげて売買営業部へ異動し、よ

り大きな物件を扱う開発部に行きたくて頑張り、三十二歳のときに初の女性開発部営業員に抜擢《ばってき》され、期待どおりに活躍した。

これからもっと大きな案件を扱い、東京の風景を変えるほどの美しい建物を建てる仕事に関わる……はずだったのに。

真希は思わずつぶやいた。

「あんな男に引っかかりさえしなければ」

あの詐欺師は、初対面で真希にさらりと言った。

——あなたが前屋敷さんですか。大変交渉力のある営業員だと評判ですよ
上質な紺のスーツを着て黒縁メガネをかけた四十代半ばの優男で、不動産屋にありがちな、押しが強く自信満々な様子でよどみなくしゃべった。

——こんなきれいな女性とは。あ、失礼。セクハラ発言と叱られてしまうかな
お世辞にはのらないわよ。そう思って慎重に対処したつもりだった。

提示された資料は完璧《かんぺき》に見えた。土地所有者は複数人おり、遺産相続分割で揉《も》めている最中だということは真希も噂で知っていた。

——長らく相続で揉めていた土地ですが、ようやく決着するんです。一族のお一人がこっそり私にだけ教えてくださいましてね。その方が兄弟の意見を取りまとめて、急いで売りたいとのことです

頭の片隅に疑念はあった。こんなおいしい話が安易に転がってくるだろうかと。だが真希は話を進めた。小さな疑いは取引の大きな魅力によって黙殺された。

桜坂部長はそのころ真希の案件を横取りしようと画策することが多かったので、契約の直前になって話をした。彼も大いに乗り気になった。

そして、契約してしまった。

「……焦ったかなあ」

開発部では億単位の金が動く。場合によってはひとつの契約に数年がかりだ。だが真希は異動してきてから毎年、一、二件の成約ペースで営業成績をあげ、ミノベ不動産に莫大《ばくだい》な利益をもたらしてきた。

だが、昨年は一件も成約に結びつけることができず、部長からは始終嫌みを言われた。

――そろそろタマ切れか？　いつまでも売買営業部時代の人脈に頼っていてはジリ貧だぞ。新たな顧客開発が必要な時期じゃないのか

そんな真希の焦燥に、相手は上手《うま》くつけ込んできたことになる。

「まさか私がだまされるなんてね」

詐欺に遭う人は皆そんなふうに思うようだが、それにしても交渉上手の自分が、という思いが今もある。

父は、娘が東京の大手不動産会社の花形営業であることを誇りに思っている。母は、彼女の信じる幸せのコースとは異なる道を歩む娘を快く思っていないが、都心でバリバリ働いている点は近所への自慢のタネだったはずだ。

詐欺にあったなんて、両親にはとても話せない。

魔女の案件も一向に進んでいない。このままデータ入力の作業員のままか、悪くすれば閑職部門に追いやられる危険もある。

いっそ他の不動産会社に転職しようか。

しかし、詐欺事件の噂は業界内を駆け巡った。地面師にだまされた営業員を雇ってくれる大手不動産会社はないだろう。他の業界で働くべきか。不動産一筋で生きてきた真希に、別のどんな仕事ができるだろうか。もうすぐ三十九歳。いちから新しいことを始めるには覚悟がいるだろうし、今の収入水準を維持できるとは思えない。

ため息をこらえ、瞬一に電話した。

出ない。時間を置いて二回かけたが応答はなかった。仕事仲間と飲みにでも行っているのだろうか。

疲れ果てた真希は、携帯を握りしめたまま寝落ちしてしまった。

翌朝、六時半にアラームが鳴ったのでぼんやり目覚めるが、しばらくウトウトする。

実家の部屋にいることに気づくと、飛び起きた。七時半になっていた。

朝ごはんを作らねば。

しかし食卓に行くと、朝食はできていた。ネギとワカメの味噌汁《みそしる》、あじの開き、キュウリの浅漬け、母が得意なきんぴら大根、ふっくら美味しそうなご飯。

これを、父が。

衝撃が大きくて思わず愚痴のように言い放つ。

「なんだ、私が作ったのに」

すでに食べ終わった様子の父は新聞を畳むと、テレビをつけた。

「お前が作るんじゃ洋食だろ。朝は和食に限るんだ」

情報番組を父と見ながら朝食を取る。母ならテンションの高い女子アナに即座に突っ込みを入れそうだが、父は静かに眺めるのみだ。

朝食で出遅れたので、洗濯物を干そうと真希は張り切った。

だが裏庭の物干し場所に服を干していると、父がやってきて苦言を呈した。

「シャツはちゃんとシワを伸ばしてから干すんだ。タオルは三回ほど勢いよく振ってピンと張ること。靴下は向きを揃えて。畳むときに簡単だからな」

手際よく直され、なんだか凹《へこ》んだ。

「じゃあ、掃除は私が」

「お前は座っとけ。どうせ仕事ばかりで家事なんかろくにしていないんだろ」

認めるのが悔しくて掃除機を取り出す。父はあきれたように言った。

「忙しいんだろうし、無理するな。午後の面会時間に母さんの顔見たら、帰っていいぞ」

仕事は暇だ、とは言えず、黙り込む。

「しばらく入院しているようだし、また改めて来ればいい。父さん一人ならなんとでもなるが、お前がいると二人分の手間がかかるしな」

多忙なはずの娘への配慮と、実際に手間がかかるという本音の両方だろう。思えば、実家にいたころから家事はほとんど手伝っていなかった。

九時過ぎに会社に電話をすると、若槻萌が出た。

『部長から聞きました。お母さま、お大事になさってくださいね』珍しく真剣な声だ。

『私は母ととっても仲良しなので、お気持ちお察しします』

「ありがとう。幸い、大事には至らなかったから」

『この機会にたっぷり親孝行してあげてくださいね。真希さんいつも忙しくて、実家にあんまり帰ってないんでしょ。お母さま、お寂しいでしょうから』

うちの母はそんなに娘想いじゃないのよ、と言うのが申し訳ないほど心配そうな声だ。

桜坂部長に代ってもらい、明日には出社すると伝えた。

『無理しなくていいぞ。明日まで休みになっている』その声は、気のせいか嬉《うれ》しそうだ。『なんならもう少しゆっくりしてもかまわないぞ』

どうせヒマだろ、と言われるのが嫌で真希は急いで言った。

「では明後日から出社します。ご迷惑をおかけしてすみません」

電話を切り、気を取り直して瞬一に電話してみるが、電波の届かない状態になっていた。もう作業に行ってしまったんだろうか。このところすれ違いが多い。

ため息がもれた。

居場所がない。そんな不安に襲われる。

午後に見舞いに行き、母の愚痴を一時間ほど聞いた。これだけ元気なら大丈夫そうだと自分を納得させ、その足で東京のマンションに戻った。気がゆるんだのかコンビニ弁当を食べるとすぐに眠ってしまい、翌日は昼過ぎに目が覚めた。

心地よいはずの独身の城を、重たい頭で見回す。

このまま七十歳まで独身だったら、朝ごはんのあと突然倒れても誰にも気づいてもらえず、一週間も経ってからマンションの管理人が死体を発見……なんてこともあるかもなあ。

起き上がるのが面倒で、ゴロゴロし続けた。お腹が空《す》いているのかもわからない。冷蔵庫にあったペットボトルの水だけ飲んだ。

夕方、瞬一からようやくメールが来た。

――ごめん、一昨日作業場に携帯を忘れて、見つけた人が警察に届けてくれちゃって、ようやく今日になって手元に戻ってきた。また改めて連絡するよ
返信文を考えるのもなんだか面倒で、『了解』とだけ返す。

いいなあ、瞬一は忙しそうで。

眠ったり起きたりして、気づけば夜が明けていた。起き上がる気になれず、結局、もう一日会社を休んだ。私がデータ入力しなくても会社は困らない。なんだかもう、どうでもいいような気がした。

若いころはこんなときいくらでも眠れたが、三十分もウトウトすると目が覚める。年を取ると長く眠れなくなるというが、これってそれかな。情けなかった。

ひたすらベッドでだらだらしていると携帯が鳴った。

友人の貴恵からのメールだ。

貴恵とは大学で知り合って以来、唯一途切れることなく連絡を取りあっている。良家のお嬢様で、一流企業に勤める家柄のよい男性と結婚し、二子をもうけて、今はご

主人の転勤先のイギリスに住んでいる。真希とは正反対の雰囲気の、かわいくて素直で優しい女性だ。本当のセレブは質素で控えめだと言われるが、彼女はまさにそんな感じで、威勢のいい真希をずっと好いてくれている。

学生時代は家に遊びに来たこともあり母を知っているからと、倒れた日の翌日にメッセージを送っていたことを思い出す。余計な心配をかけたかな、とメールを開いた。

『連絡が遅くなってごめんなさい。お母さま、ご心配ね。お大事に。早くよくなりますようにお祈りしています。私のほうは最近、長男がいうことをきかなくて学校で問題を起こしたりして、ちょっとガタガタしているの』

第二子の長男は小学校中学年くらいのはずだ。外国での子育てはさぞ苦労が多かろう。いつまでもお嬢様みたいな貴恵の、愛らしい顔を思い出した。

それぞれに家族がいて、いろんな悩みを抱えている……。

そうだ、まずは自分を癒《いや》さねば。凹んでばかりでは前に進めないぞ。

真希は身体を起こし、お湯を沸かすという作業と真剣に向き合うことにした。

紅茶を二杯飲み、冷凍パスタをあたためて食べるとようやく元気が出たので、着替えて外に出る。

六月の梅雨の合間だが、今日はまるで真夏の陽射しだ。ちょうどやってきた目黒駅行きのバスに乗るために小走りしただけで汗が噴き出してきた。

紅茶専門店メグドロに行くつもりだったが、途中の白金台五丁目バス停で降りる。久しぶりに自然教育園に行こうと思いついたからだ。

園の入口に立った時、携帯が振動する。見知らぬ固定電話の番号だ。

『前屋敷真希さんよね』聞いたことのある声。『松下ですけど、仕事中だったらごめんなさい。みのりちゃんから連絡来てない？』

あっと驚く。スーか、ユンか。電話の声ではますますわからない。

「特に来ていませんが」

『テレフォンカードを渡してあるから用があるときは連絡くれるんだけど、さっき公衆電話からの電話があって、出たらガチャガチャした感じの音がして、すぐに切れちゃったの。かすれた声で「たすけて」って言ったような気がして』

また友達にいじめられたのだろうか。

「私、今日はお休みで、ちょうど自然教育園のそばにいるんです」真希は早口で告げる。「このあたりを探してみます」

『ありがとう。蒼梧くんは授業中で、宇津木さんは予定があるそうなので』

魔女から連絡を受けたことが嬉しく、足早に学校のほうへ進む。

またどこかの看板でもじっと見つめているのか。それとも、まさか悪漢に追い回されていたりとか。みのりはけっこうかわいい顔をしている。逃げて公衆電話までたどり着き、助けを求めようとしたが電話を切られて……

心配がもくもくと湧いてきて、真希は走りだした。ちょうど下校時刻のようで、ランドセルを背負った子がたくさん歩いている。注意深く探すが見当たらない。初めて話をしたどんぐり公園も見回すが、姿はない。

公園を出て左側の道に目をやると、彼方《かなた》に見覚えのある薄紫のランドセルが見えた。一緒にいるのは悪漢ではなく、みのりより少し大きい女の子だ。

友だち同士のトラブルならそれほど心配はないだろう。真希は近づいた。

年長の髪の長い少女が腕をぐいと引っ張った。みのりは腰を引いて逃れようとしている。年長の子は彼女を離さず、さらに引っ張る。

「やだっ、はなしてっ」

真希は二人の間に割り込むように身体を入れた。

「ちょっと待ちなさい」

年かさの子は鋭く真希を見上げた。切れ長の目、小ぶりの鼻、薄くて形のよい唇、ストレートの艶々《つやつや》の黒髪。まごうことなき美少女だ。彼女は言い放つ。

「誰ですか、あなた」

「みのりちゃんの友達よ。あなたは彼女より年上よね。引っ張るなんて危ないことしてはダメよ」

　少女は憮《ぶ》然《ぜん》とした表情だ。

「姉なので当然、年上です。しょうがないでしょ、言うこと聞かないんだから」

　真希は二人を見比べた。

　そして、みのりに聞く。

「……この子、お姉さんなの？」

　おかっぱ頭がゆったりとうなずく。

　似てない。

　いや、よく見れば顎《あご》のラインや小さな鼻などは似ているかも。だが、姉のほうはキビキビした印象で、おっとりしたみのりとはまるで雰囲気が異なる。喩《たと》えるなら姉は明るい蛍光灯、妹は仄《ほの》かな光の豆電球だ。

　真希は引き攣《つ》りながらも笑顔を浮かべた。

「みのりちゃん、電話で『たすけて』って言ったりした？」

　美少女は鼻を大きくふん、と鳴らした。

「この子、いっつもそんな言い方するんです。痛いとか助けてとか叫ぶから、みんな振り回されて」

　……ああ、なるほど。

「パパから、みのりをちゃんと家に連れて帰ってって言われてるから校門で待っていたのに、わたしを見たとたん逃げ出したから、あったまきて！」

真希はみのりを見つめる。ぽかんとした表情だ。

「いっつも勝手なんです！」姉は真希に食ってかかってきた。「だからわたしばっかり損する！　もう嫌！　なんでお姉ちゃんだからってこんなに苦労しなきゃいけないの！」

……ええと。

困った。

玄関に立った魔女は、みのりとその姉を見比べた。

「あなたがお姉さん。なるほど」

似ていなくもない、という『なるほど』だろうか。

「こんにちは、めいかちゃんね」年長の少女に、にっこり微笑む。「みのりちゃんからお姉さんのこと聞いていたわ。さあ入ってちょうだい」

彼女は行きかけて、ああ、と振り向いた。

「ドローイングルームは昨日エアコンが壊れて、今は工事の人が来ているから使えないの」

玄関も少しムンとしているようだ。真希は頭を下げた。

「すみません、いきなり押しかけて」

彼女はかぶりを振ると歩きだした。スーか、ユンか。タイミングを見計らって確かめねば。

左側の廊下を進み狭い階段を上がっていく。二階の廊下は細長く延びていた。左右に二つずつあるドアの左手前を、魔女は開いた。

真希の目に飛び込んできたのは、たくさんの色だ。

五畳ほどのその部屋に、おびただしい量のカラフルな布地が置かれている。テーブルに大きく広げられたもの、反物になっているもの、小さく畳まれたもの……

壁際には旧式の足踏み式の黒いミシン。鉄のはめ込みに『SINGER』と書かれていた。昔、母の実家にあったものと似たタイプだ。ミシンの上部の高窓からは六月の陽射しがさんさんと射していた。

部屋の中央に木製の小さな丸テーブルと椅子が二脚。年代ものので傷があちこちついているが、脚の部分に独特の曲線があり、可憐《かれん》で上品だ。周囲に配置された茶色い引き出しや棚類も何十年選手であろう、どれも凝ったデザインで、磨き込まれてツヤツヤと輝いていた。壁紙は多少色褪《いろあ》せてはいるが緑を基調にした美しい模様が描かれており、床は、細長い木をジグザグに組み合わせたヘリンボーン貼りだ。

奥にアーチ形のドアのない入口があり、白いベッドが見えた。細密な彫刻が木製のヘッドボードとフットボードに施され、カバーは鈍色《にびいろ》と青のパッチワーク。絵本の挿絵にでてきそうな愛らしさだ。

「スーさんのお部屋ですか」真希は感嘆の声を上げた。「蒼梧くんから、布の小物を作っていらっしゃると聞きました。かわいらしい作業場ですね」

魔女はうなずいた。つまり彼女はスーだ。

「昔の子供部屋。狭いけれど快適でしょ。あっちが寝室で、こちらは、言わばクローゼットね」

クローゼットというと日本では戸棚のことを指すが、ラテン語で『閉じられた』を意味する「clausum」に由来し、ルネサンス様式の建築物から登場した、寝室に隣接した小部屋のことを指す。

真希は感心した。応接間や温室も見事だったが、ここも凝った作りだ。家が建てられてかなりの歳月が経っているはずだが、どこを見ても色褪せない美しさがある。いったい誰がこの屋敷を建て、これらの家具を集めたのだろう。

少女たちはドア前でモジモジしている。

「どうぞ座って。予備の椅子もお使いなさい」魔女はエアコンを作動させる。「今日はクローゼットでのアフタヌーンティーよ。支度してくるので、適当に片づけて寛《くつろ》いでいて」

彼女が行ってしまい、真希はうろたえた。一人っ子なので姉妹同士の揉《も》め事がどういうものかわからず、助けてもらおうとここへ連れてきたのだが。

「とりあえず、座りましょうか」

テーブル上の布をそっと畳んで棚に置き、椅子を二人に勧めた。真希は端に立てかけてあった木製の折り畳み椅子を使うことにする。

めいかと呼ばれた姉は硬い表情で座り、妹はのんびり室内を見回している。

しばし沈黙が続いたのち、めいかがつぶやいた。

「黒ずくめの魔女、ほんとにいたんだ」そして真希を見る。「あなたは誰なんですか」

この場合〝お姉さんはね〟と言うべきか。いや〝おばさん〟かしら。自分からそう名乗るのは抵抗がある。ううむ、わからん。私のペースでいこう。

真希は背筋を伸ばし、名刺を丁寧に差し出した。

「改めて、初めまして。よろしくね」

めいかは名刺をじっくり見ると、面白そうに言った。

「まえやしき、さん？」

珍しい苗字《みようじ》は初対面の会話に役立つ。

「ご先祖様はお屋敷の前に住んでいたのかもしれないわ。みのりちゃんとは偶然知り合って、この松下さんのおうちで一緒にお茶を飲んだのよ」

怪訝《けげん》そうな表情だ。

「みのりが、お茶？」

「お茶といっても、紅茶だけど」

「うちではぜんぜん飲まないのに」

目を見開き、首をかしげる。そんなちょっとした仕草も愛らしい少女だ。

彼女はきちんと膝上《ひざうえ》に手を置き、まっすぐ真希を見た。

「私は今野《こんの》芽衣香《めいか》。四年生です。妹は今野美乃梨《みのり》。二年生」

真希は、しっかり者の姉に早くも同情を寄せていた。この不思議ちゃんが妹なら、常日頃から苦労しているに違いない。

「ここに来ていることを」真希はおかっぱ少女を見つめた。「おうちの人に言ってなかったの？」

彼女は小さく口を開いたまま無言。言ってなかったってことだな。

「お母さんが心配するでしょ」

「ママは、いないから」

真希は思わず姉に視線を移した。彼女は顎《あご》を引く。

「うちの親、離婚したんです。今はパパのほうのおばあちゃんの家に住んでいるんだけど」めいかの表情が翳《かげ》った。「このごろ、おばあちゃんの具合が悪くて」

姉の苛立《いらだ》ちは妹のことだけではなさそうだ。真希は柔らかい口調を心がけた。

「いつごろから具合悪いのかな。よかったら、事情を聞かせてくれる？」

美少女は澄んだ瞳《ひとみ》でじっと見つめてきた。聡明《そうめい》で芯《しん》がありそうだ。思わず目をそらしたくなるほど強い視線に耐えて見返していると、彼女はぽつりと言葉を発した。

「三月におばあちゃんが家の中で転んでから、いろいろおかしくなっちゃって」

「大きな怪我をしたの？」

「足の骨にヒビが入って入院しました。でももう退院しました」

「ひとまず良かったわ。だけどまだ具合が悪いのね。ひどく痛むのかしら」

めいかは言い淀《よど》む。

「っていうか、気持ち的なものだと思う。身体がうまく動かないみたいで、いつもイライラしているんです。特に、みのりが迷惑かけるから」

「いい子にしようとしてるもん」

妹は突っぱねるように言った。

「しようとしてるだけで、実はいい子じゃないじゃん」姉は目を吊《つ》り上げる。「今日だって、なんで逃げ出したのよ」

「それは、ええと」気まずそうに口をすぼめる。「追いかけてきたから」

姉が怒り顔をこちらに向けた。

「いっつもこんな感じなんです」

わかるわ。もしこんな妹がいたら私はあっという間に憤死してしまう。

魔女がそっと入ってきて、ミシン前の椅子に座った。彼女が小さくうなずいたので真希はそのまま進行役に徹する。

「みのりはちっちゃいころから、ぜんぜん大人の言うことをきかないんです」

幼児のころは話しかけても返事が返ってこないで、しばらくしてから突然、変な言葉をつぶやいたりした。勝手に走りだしたかと思えば、急いで行かねばならないときにまったく動かないことも。

「ママはよく、しかたなさそうに見ていました。わたしが早く公園に行きたいのに、みのりが道端で座り込んで草とか見ているときなんか、ママも一緒になって見ていた。わたしが『早く行かせてよ』って言っても……」

姉妹の母は少し悲しそうな顔をして首を横に振った。

――みのりはみのり、ママと違う人間だから、言うことをきかせようとしても無理なのよ
「そんなのおかしいって思いました。パパに文句を言ったこともあります。でもパパも『あの子なりの考えがあるんだろう』って言うだけ」

やりなさい
——ちょっと動きが遅いだけだ。めいかはお姉ちゃんなんだから、みのりを助けてあげよう。

「だから、いっつもみのりを待たないといけないんです」

せっかちの真希は今や完全に姉の味方だ。たっぷり話を聞いてあげよう。

「おばあちゃんの話に戻させてもらうけれど、最近とてもイライラしているのね」

「もともとわたしたちが来た時から、おばあちゃんは大変だったと思う」

めいかたちは、以前は両親と姉妹の四人で大田区《おおた》のマンションに住んでいた。父親はIT系の雑誌を作る小さな会社を経営しており、常に忙しく、家にいることはほとんどなかった。おそらくそのせいもあり、二年ほど前に母親が出ていってしまった。

めいかの言葉の端から、母には別に頼る相手ができたと推測された。

父と姉妹は去年の五月に、祖母の住む白金台の家にやってきた。めいかが小三、みのりが小一になってすぐに白金台の小学校に転校してきたことになる。

「おばあちゃんの家は、ずっと昔におじいちゃんのお父さんがシャタクというのを買ったものだそうで、ボロいです」

会社勤めのひいおじいさんが、使っていた社宅を買い取ったということだろう。ざっくり計算しても築五、六十年は経っていそうだ。

「台所は古くて使いにくいし、トイレは臭うし、夏は暑くて冬は寒いです。このあたりはお金持ちの人が住んでいるそうですが、うちはぜんぜん違います」

学校の友達はスマホやタブレットを当たり前のように持ち、ディズニーランドに定期的に行き、夏休みは海外旅行をしているという。

子供でも、いや、だからこそ、そういうことを敏感に察知するのかもしれない。

めいかは真希をまっすぐ見て言う。

「でも、別に気にしません。わたしは勉強ができるし、いろんなことをきちんとやるからみんなが頼りにしてくれる。お友達はたくさんいます。お母さんがいないこともちゃんと話しました。ちょっと同情されるけど、それも大丈夫。だって、とっても優しくしてくれるおばあちゃんがいるから」

真希の胸は熱くなる。めいかなら友達も優しく受け入れてくれるだろう。

「だけど、みのりは」彼女の顔が曇る。「クラスで浮いてるみたい」

だろうなあ。

姉の怒りはきっと、妹への心配の裏返しだろう。

「一緒に保育園に通っていたときから、みのりは先生たちから『ホントに困るわ』とか言われていました。すぐに勝手にどこかに行こうとするから、当然だとは思いました」

先生のご苦労もなんとなく想像できる。

「ただ、おばあさんの園長先生はとっても優しくて、叱らずに見守ってくれていました」

――みのりちゃんは鋭いのよ。普通の人が見ていないようなことに気づいたりして、すごいわ

「でもわたしから見たら、みのりはぜんぜん関係ないことを突然言いだすだけで、それがたまたま面白かったり、ちょっと鋭いことを言っているように聞こえたりすることがあるから、それですごいって思われていただけなんです」

いるよね、不思議なこと言ってもなぜだか受け入れられちゃう人って。

「小学生になってもその調子です。学校のあとに夕方まで過ごす学童クラブっていうのがあって、そこでみのりと一緒にいたからよくわかります」

一年のほうが三年よりも早く授業が終わるので、めいかが学童クラブに来たときにはみのりがとっくにいるはずなのに、よく行方不明になっていたという。

「そのたびに学童の先生が、みのりにちゃんと言い聞かせてほしいってわたしに言ってきました。しょうがないから話をすると」

――きれいな石が落ちていたりして、それを見ていると、時間がすぎちゃって

「気になるものがあっても、規則なんだから寄り道しないで行かないとダメでしょ、って言っても、本人は『うん、わかった』って答えるだけ。ぜんぜんわかっていない

なあと思いました」

真希はみのりを見る。少しだけ申し訳なさそうな表情。多少は自覚があるのか。

「一年生が終わるころ、みのりの担任の先生が家に来たんだけど」めいかはちらりと妹を見ると、小声で言った。「先生がおばあちゃんに『一度、病院で診てもらったらどうか』って言ったのをこっそり聞いちゃったんです」

みのりになんらかの障害があるのでは、と言ってきたわけだ。

「おばあちゃんはあとで怒り狂っていました」

――うちの孫が、どこかおかしいっていうの？

「お父さんはなんて？」

「パパには話さなかったみたい。そもそも、そんな話をゆっくりできるほど、パパは家にいないから。社長っていってもたくさん人を雇っているのでもないし、ぜんぜん偉くない感じ。いっつも忙しいって言ってます」

小規模の会社では社長がいろいろな業務を掛け持ちすることが多い。

「わたしは四年生になって、学童クラブは卒業です。そのとき、パパが『めいかもおばあちゃんも家にいるんだから、みのりも学童に行かなくていいだろう』って言って、結局、みのりも三月で学童クラブをやめちゃいました」

しかし春休みに入ってすぐにおばあちゃんが家の中で転倒し、入院することになった。

「その間はさすがにパパが家にけっこういてくれたんですけど、四月になっておばあちゃんが退院してきたら、パパはまた仕事に戻っちゃいました」

骨のヒビは治ったが痛みが残っているらしく、おばあちゃんの動きは遅くなった。

「区役所の人が介護のサービスを受けたらどうかって言いにきたのに、ぜんぶ拒否してました。自分でできるからって」

しかし、うっかり鍋《なべ》が焦げてしまったり、料理の味つけがおかしかったり、洗濯機をかけたのに干すのを忘れてしまったりと、これまでにないミスが続いた。

「パパに相談したけど、『おばあちゃんがボケたとでもいうのか。そんなわけないだろ』ってさらっと言われちゃって、それ以上話せなかった」

真希の胸はぎゅっと締めつけられた。

「わたしだって、おばあちゃんがボケたなんて思ってません。身体がうまく動かなくなっちゃったから辛《つら》いんです。ときどきこっそり泣いているのも見ました」

淡々と話していためいかが、ふと下を向いた。

「一度、楽させてあげようと思って、一人でお味噌汁《みそしる》を作ってみたんです。そしたら……」

——おばあちゃんのお味噌汁がまずいってことかい

「だから、もうやりません」

真希は思わず彼女の肩に手をやり、そんな自分に戸惑いつつも、おずおずとさすった。

少女は下を向いたまま続ける。

「このごろまた、みのりがまっすぐ帰ってこないことが多くなって、それでわたしは、宿題やっているのを中断して探しにいったりしなきゃいけないんです。だから今日は、みのりの下校時間に学校に行ったんです。でもわたしの顔を見たとたん逃げたから、頭にきて追いかけたんです」

「その途中で」魔女がうなずきながら声をかけた。「みのりちゃんがここに電話をしたってわけね」

みのりが大きな声で言う。

「今日は、ここに来ようと思ってたから」

めいかは黒ずくめの女性を見つめ、はにかんだように言った。

「前からみのりが、『魔女の屋敷に行ってる』って言っていたんですけど、これだけは本当だったんですね」

ネーミングの発端である真希は冷や汗が出たが、〝魔女〟は柔らかく笑った。

「四月の初めごろだったかな。うちの正門の前に女の子がしゃがみ込んでじっとしていたから、話しかけたのよ」

——なにを見ているの？

少女は答えた。

——魔法の石を探しているの

——どんな魔法が使える石なのかしら

——元気のない人がそれを持ったら、身体がちゃんと動く魔法

「石はなさそうだったので『お茶を飲むと元気になるのよ』って、お茶会に誘ったの。私たち、詳しく話を聞き出そうとしたのだけれど、身近な誰かを元気にしたい、とわかっただけで、あとは要領を得なくて」

双子はリラックス効果のある紅茶の茶葉を持っていくように勧めたが、みのりは受け取らなかった。ではせめて、と招待状を渡し『大切に思う方』を連れてきたらいいと告げたという。

「みのりちゃんは、そのカードを受け取るのもためらっていたけれどね」

真希がこの屋敷に入ることができたのはその招待状のおかげだ。みのりが受け取ってくれて本当によかった。

めいかは妹を見つめてつぶやいた。

「身体が動く魔法が使える石は、おばあちゃんのためだったの？」

みのりは首をかしげた。

「そうだけど、そうでもない」

どっちなんだと突っ込みたくなる。

魔女はめいかに頭を下げた。

「ここに来ることをおうちの人に話してねって言っておいたのだけれど、お姉さんに心配をかけてしまったようね。ごめんなさい」

姉は慌てて手を振った。

「みのりが悪いです。ちゃんと言わないし、よく嘘つくから。森で猫の妖精《ようせい》に会ったとか魔女のピアノを聞いたとか、虹《にじ》を渡ってユニコーンと遊んだとか赤い服の王子様が池にハマっているのを助けたとか」

あながち嘘でもない事象が混じっているだけにややこしい。

「いつも変な話ばっかり」めいかの声が震えた。「同級生の男の子に言われたんです。『おまえの妹、俺の妹をつかまえて「人魚」って言ったらしいけど、おかしな奴だな』って」

真希は、公園でみのりの同級生の一人が言っていたことを思い出す。

——『あなたは人魚？』って言いにきたけど、どういう意味？

「その男子、しつこくどういう意味か聞いてくるんです。休み時間にいちいち廊下に呼び出されて面倒だったけど、みのりがその子の妹になにかしていたら申し訳ないでしょ。だから毎回、話を聞きました。そのうち妹以外の話もしてくるからなんか疲れちゃったけど、話を打ち切ったら悪いから、ひとまず聞いておくって感じで」

ひょっとして、その男子は妹を口実に美少女と話したかっただけではないのか。男子が憧《あこが》れたくなる同級生だろうから。

「少しして、またその男の子に呼び出されたんだけど、妹が足の病気で学校を休んだって言ってきたの。なんか、みのりのせいみたいに感じてしまって」

真希は思わず聞いた。

「男の子がそう言ったの？」

「ううん。でも悲しくてちょっと泣いちゃったの。さすがにその子、『君の妹のせいじゃないから』って慰めてくれたけど」

「みのりちゃんに悪気はないんじゃないかな」真希は考え考え言った。「『人魚』って、女の子にとってはいいイメージの気がするわ。人魚姫ってお話もあるし」

みのりの顔を覗《のぞ》き込むと、彼女は悲しそうに答えた。

「人魚姫はかわいそう。歩くと痛いのよね。あの子もかわいそう」

真希が公園で見たとき、あの少女は普通に走っていた。病気はそのあとに起きたのだろうか。

「みのりの言うこと、いつもよくわからないです」めいかは眉根《まゆね》を寄せた。「でも、パパもママもおばあちゃんも、いつもみのりの味方です。みのりが変なこと言って失敗してもぜんぜんオーケー」

美少女のしっかりした表情が、ふいに崩れる。

「なんだか、不公平」

ありきたりな慰めの言葉が頭に浮かぶが、嘘くさい気がして戸惑う。

少しの沈黙ののち、魔女がさっと立ち上がり、棚に置かれていたお盆の布ナプキンを外した。

「今日は、コンパクトなお茶会よ」

ティファール社製の電気ポットのコンセントを手早く繋《つな》げると、スイッチを入れる。

そして、十種類以上のティーバッグが並べられた平たい籠《かご》を取り出した。

「好きなのを選んで」

色とりどりのパッケージに目を瞠《みは》る。

日本ではよく知られている鮮やかな黄色のもの。中央が黒くて金に黒抜きのブランド名が書かれ、周囲は種類ごとに紫やブルーやピンクの模様で縁取られたもの。柔らかく気高い水色のもの……どれも凝ったデザインで美しい。

茶葉や花の模様が多いが、風景やポットやカップ、国旗などが彩りよく描かれたものもある。紅茶がいかに世界中で愛されているか、この籠を見るだけでもわかる気がした。

「こちらはシングルエステート。生産者が明確で、ブレンドや着香をしていないもの。紅茶そのものを楽しむことができる。ダージリン、アッサム、ウバなどあるわ。こっちのはブレンドティー。いろんな種類の紅茶を混ぜているもの」

イングリッシュブレックファーストは朝にしゃっきりしたいときに飲むブレンドティーで少し濃いめ。ミルクティーがお薦めだ。

ハーブティーもある。チャの木以外の植物を使って抽出した飲料なので、正確にいうと茶外茶だ。ビタミンやミネラルが豊富。カモミールは気持ちが落ち着くし、香りを楽しむならベリー系も……。

みのりがいち早く手を伸ばし、オレンジとピーチのハーブティーを取る。

めいかは目を輝かせて見つめている。

「どれもきれい。迷っちゃいます」

「ティーバッグのパッケージって、見ているだけでもハッピーになるわよね」

魔女が微笑んで真希を見たので、うなずいた。

「私も会社ではティーバッグを使っています。上手に淹《い》れると美味《おい》しく飲めますよね」

「では、今日は前屋敷さんにお茶を淹れるのをお願いするわ」

とたんに緊張する。しかし、実はちょっと自信があった。

魔女と真希がイングリッシュブレックファースト、みのりがハーブティー、そしてめいかはセイロンのウバを選んだので、すでにあたたまっていた急須《きゅうす》形の小さなガラスのポット三つに湯を注ぎ、それぞれティーバッグを浸して蓋《ふた》をした。

新米女主人《ホステス》用だろうか、愛らしい三分砂時計があったのでひっくり返す。

めいかは、ポット内がそれぞれ紅やピンクに染まっていくのを感嘆の面持ちで見つめていた。

みのりはといえば……これまでで一番嬉《うれ》しそうに目を輝かせている。お姉ちゃんが一緒だと、よりリラックスできるのかもしれない。

用意されたカップやミルク入れ、シュガーポットはすべて細かい花柄の付いた陶器で、少女たちのお茶会にもってこいの愛らしさだ。

高窓から強い陽射しが差していたが、エアコンが効いてきて、室内は心地よい温度だ。

皆が黙って、お茶ができあがるのを待つ。

そんななんでもない時間が、真希にはとても満ち足りたものに思えた。

改めて、これまでの人生でこんなふうにゆったりとしたひとときを作ろうとしてこなかった自分に気づく。いつもがむしゃらに走ってきたし、それが正しいと思っていた。

しかし四十歳手前で否応《いやおう》なく立ち止まらされ、戸惑いや焦り、無力感を覚えた。そんなときに魔女たちのお茶会に出会えたのは本当に幸運だった。健康だと信じていた母がベッドに横たわる姿は衝撃だったし、亭主関白の父が甲斐甲斐《かいがい》しく母の荷物を持ってきたこともびっくりだったが、そんなこともまあまあ冷静に受け止められている。

家族って、いろいろ面倒だ。近いから逆に言えなかったり、踏み込めなかったりするときがある。近すぎてぶつかり、互いに傷つきあう場合もある。よく知っているつもりが、意外と理解していなかったと気づくことも……。

砂時計が落ちきったので、真希はひとつひとつポットの蓋を開けて、ティーバッグを軽く数回振ったのち、慎重に持ち上げた。強く振りすぎたりスプーンで押しつぶしたりすると渋みが出てしまうのだ。

めいかのものを最初にカップに注ぐと、澄んだルビー色が湛《たた》えられる。

「きれい」少女がうっとりとつぶやく。「紅茶って茶色のイメージだったけど、こんなに赤いんですね」

「日本の水は軟水だから、こんな色になるのよ」

みのりがぱっと顔を上げて真希を見た。

「なんすい？」

真希は説明を試みる。

「水って世界中で飲まれているけれど、地域によって成分が違うのよ」

紅茶は茶葉の成分と水に含まれるミネラルが反応して色や香りが引き出されるが、他のお茶と比べると水から影響を受けやすい。

「紅茶の盛んなイギリスは硬水というお水で、それで淹れた紅茶はこれよりももっと濃くて黒っぽい色になる。だから、紅茶は英語では〝レッドティー〟ではなく〝ブラックティー〟なのよ」

めいかは感心したようにうなずく。

「淹れる地域によって違うんですね」

「ミルクとお砂糖は？」

彼女はカップの内側の縁の、ゴールデンリングと呼ばれる黄金色の輪をじっと見つめていた。上質のウバにはよくこの輪が生まれるのだ。少女は首を横に振る。

「色と香りを味わいたいから、最初はこのまま飲んでみます」

魔女は目を輝かせ、聡明《そうめい》な姉に言った。

「めいかちゃんが選んだウバは、インドの近くのスリランカっていう小さな島国で作られているのよ」

彼女がそっと口をつけるのを、真希は固唾《かたず》を飲んで見守る。

めいかの頬にうっすら赤みが差した。

「……知らない国の味がする」

なんてステキな表現をするのだろう。真希は少女の感性に感動した。

みのりのハーブティーもカップに注いでやる。ピーチの甘いにおいが一気に湧き立ち、思わず笑みが浮かんでしまう。こんな幸せな香りをお茶につけることを思いついた人は天才だな。色合いはオレンジ色と濃い目の桃色の間といった感じで、見ているだけで心がウキウキする。

魔女と自分の分もカップに入れ、それぞれミルクをたっぷり注いだ。

「今日のティーフーズは、食べ盛りのお嬢さんたち向けにボリュームのあるものを用意してみたわ。急だったので冷凍のものなど使っていますけど許してね」

テーブルが小さいためか、今日のお皿はスリーティアーズ。三段重ねだ。

みのりが声を上げた。

「岩と平たい石と、浮き輪。あとは細かい石。川に遊びにきたみたい」

真希は失笑した。

「言いえて妙ね」

「……えてみょー？」

「つまり、ナイスな言い方ってこと」

チキンの唐揚げ、丸い形のフライドポテト、小ぶりのドーナツ、アーモンドスライスが飾られたミニチョコデニッシュ、小袋に入ったロータスクッキー、セロファンにくるまれたミニゼリー、楓《かえで》の葉の形のクッキー、キスチョコ……

姉妹は、今度は遠慮せず手を出してどんどん食べる。いいなあ、これくらいのころっていくら食べてもすぐにエネルギーに変換されていったよね。

真希は、最近のお腹周りを気にしてチョコをひとつだけつまむ。

「楽しいね」みのりは姉に向かって幸せそうに言った。そして、少し悲しげに目を伏せる。「でも、おうちでは、こういうのムリ。こんなにステキじゃないもん」

みのりが口をとがらせると、めいかも言った。

「こんなおしゃれなカップやお皿、うちにはないです。そもそも紅茶やハーブティーなんて飲んだことない。パパはインスタントコーヒーで、おばあちゃんは日本茶だから」

真希は言った。

「私の部屋もこんな優雅な感じではまったくないけれど、ティーバッグをカップに浸してお茶ができるのを待つだけでも気持ちが落ち着くわよ」

「そう、なんですか」めいかは素直にうなずく。「……やってみようかな」

魔女が二人の前に立ち、言った。

「『セレンディップの三人の王子たち』という話を知っている？」

姉妹が揃ってかぶりを振ったので、真希が答えた。

「ひょっとして〝セレンディピティ〟という言葉の由来ですか」

彼女はうなずいて続けた。

「古代インドやペルシャの民話、伝説を集めて作られた物語よ。セレンディップは昔のスリランカのこと」めいかのカップを指す。「その紅茶が作られる場所ね」

昔々、セレンディップの偉大な王は三人の賢い息子たちを立派な後継ぎにするために、彼らに旅をするよう命じた。聡明な息子たちは行く先々で、幸運と知略で様々な困難に打ち勝っていく。

「さっき前屋敷さんがおっしゃった〝セレンディピティ〟は、十八世紀のイギリス人文筆家のホリス・ウォルポール伯爵が言いだした言葉ね」

伯爵は、三人の王子が問題を解決していく様を「偶然と才気によって、探してもいなかったものを発見する」と明示し、そのような「幸運な偶然」のことを物語にちなんでセレンディピティと名づけた。

「この言葉には」魔女は続けた。『単なる偶然ではなく、その人が日頃から鍛錬を重ね、知識を得て、ものごとを注意深く観察してきた結果、普通の人が気づかないことを運よく発見する』という意味が含まれている」

例えば、レントゲン教授がＸ線を発見したのは、発端は偶然ではあるけれど彼のたゆまぬ努力や創意工夫があったからこそだ。名探偵ホームズが、訪ねてきた客の素性を見事にいい当てるシーンもセレンディピティの一種であろう。ホームズの知識、独特の着目点、そんなものが集合して、一見、奇跡に思えるようなセリフが生まれるのだ。

「みのりちゃんは観察力に優れているのだと思う。ただ、発見したことをずっとあとで言ったり、表現方法がわからなかったりして、発した言葉が理解されにくいのではないかしら」

めいかはまだ納得していない様子で首を傾げた。

魔女はゆっくり続ける。

『さっき話していた『あなたは人魚』、ですけれど、それってアンデルセンの『人魚姫』のことかな。私もデンマークに行った際に人魚姫《マーメイド》の像を見たことがあるけれど」

めいかは訝《いぶか》しげにみのりを見た。妹は、うんとうなずく。

真希は思いついて言った。

「そうか。人魚姫は足を得たけれど、歩くときに痛みがあったのよね。その友達の子は、歩くときに痛んでいるように見えたってこと？」

みのりが大きくうなずいたので、めいかが聞く。

「そんなの、みのりにわかったの？」

「歩き方が、へんだったの」

「でも、その子のお兄さんも親も、先生もぜんぜん気づかなかったって」

「嘘じゃないよ。いつもは平気そうだけど、体育のあととか急に痛そうにしてたの。すぐに忘れちゃうみたいだったけど」

瞬間的に痛む、ということが繰り返され、本人はあまり自覚しないまま症状が悪化したのかもしれない。みのりはたまたまそれに気づいたようだ。

「それでね、クラスの男の子が『魔法の石がある』って話してたのを聞いたの」

めいかが少しあきれたように言った。

「スマホのゲームの話じゃない？　今、流行《はや》ってるから」

「そうなの？」ぽかんとするみのり。「おばあちゃんもいつも痛そうだし、パパも怖い顔ばっかりしてるから、魔法の石があったらみんな痛くなくなってニコニコになるんじゃないかと思ったけど」

魔女は残念そうに大きくかぶりを振った。

「そんな石がここの門の前にあったらよかったのだけれど」

「でもこの間、図書室でビードルの本を読んだの」みのりは嬉《うれ》しげな表情を見せた。

「魔法のポットがあれば痛いところも治るって書いてあったの。うちにはお茶のポットがないでしょ。だからスーさん、ユンさんに相談に来たかったの」

めいかが目を見開いた。

「それ、ハリー・ポッターのお話を書いた人が作った物語じゃない？」

真希は携帯で検索してみた。

「『吟遊詩人ビードルの物語』というのがあるわ」

めいかは画面をのぞき込み、うなずく。

「その中に魔法のポットを持っている魔法使いの話があります。そのポットは、誰かの悪いところをなおしてくれるんです。ポットはお茶用じゃなくて、確か料理用だったと思いますけど」

「じゃあ、普通のお鍋《なべ》でいいの？」

みのりが首をかしげると、めいかがうなずく。

「子供がイボだらけになったり赤ちゃんの具合が悪くなって困った人が魔法使いのところにやってきて、ポットを使って治してほしいと頼む話よね」

真希は思い出した。いじめっ子少女のもう一人が『イボイボ』と呼ばれたと言っていたっけ。

「みのりちゃん、ひょっとして『イボイボ』の子も助けようと思った？」

「しほちゃんは」みのりは自分の肘《ひじ》の内側を指す。「ここがイボイボだったから、やっぱり痛いのかなって」

めいかはあっと声を上げる。

「その子、わたしの同級生の妹です。アトピーがひどいって言ってた」

『イボイボ』はアトピー性皮膚炎のことか。みのりの言葉には意味があるけれど、伝わりにくく、誤解を生むのかもしれない。

めいかは考え込んでいる様子だった。

魔女が先ほどのティーバッグの籠をまた出してきた。

「実は、ティーバッグも偶然の産物なの」

一九〇四年。ニューヨークで紅茶の卸業を営んでいたトーマス・サリバンは、サンプルの茶葉をレストランやホテルに配って試飲してもらう営業を展開していた。当時は小さなブリキの缶にサンプル分を入れて渡していたが、彼はコストダウンのためにシルクの小袋を使うことを思いついた。

あるとき、サンプルを渡した相手が勘違いをして、袋をそのままポットに投げ入れて紅茶を淹《い》れはじめた。

サリバンは閃《ひらめ》いた。

――こんなふうに茶葉が小袋に入っていれば、茶殻を処理することなく美味《おい》しい紅茶が楽しめる！

「そうしてティーバッグは商品化され、大人気になった。イギリスでは最初、邪道だと受け入れられなかったのだけど、今では英国の紅茶消費量の九十パーセント以上がティーバッグなんだそうよ」

めいかはそっとティーバッグのひとつを手に取った。

「偶然になにかが起きたとき、そこから大事なことを気づけるかどうか。それはその人次第ってことですね」

かしこい小学生だ。素晴らしい。

「めいかちゃんは本当にしっかり者だわ。立派にお姉さんの役割を担っている。でも、もし辛《つら》いときは、即座に誰かに頼っていい」

「誰かに、頼る……」

「誰でもいいの。学校の先生でも、学童のときの先生でも、あるいは」魔女は茶目っ気のある表情を見せた。「同じクラスの男子生徒でもいいと思う」

「あんなやつにですか」

美少女がふん、と鼻を鳴らしたので、真希は励ますように声をかける。

「意外と相談に乗ってくれるかもしれないわよ」

魔女は立ち上がると、両手を広げて言った。

「いろいろな偶然が、実は必然として繋《つな》がっている。人生《ライフ》ってそんなもの《イズ》よ《ワンダフル》。例えば今日も、めいかちゃんがみのりちゃんを心配して早めに迎えに行ったことが発端で、巡り巡ってクローゼットお茶会になった。このお茶会はあなたのおかげで開くことができたってわけ」

めいかは頬を赤らめた。

「なんか、よかったです」

魔女は真希を見つめた。

「紅茶についてずいぶん勉強されたようね」

「恐縮です」

前回のお茶会で、〝知識や常識に囚《とら》われすぎてはいけない〟と学んだので、ドキリとする。

「知識を持つのはよいことです。それをうまく利用できればね。例えば、上手にお茶を淹れてあげられたら、誰かを癒《いや》す手助けができますから」

誰かを癒す手助け。

紅茶について学びだした動機は魔女たちの懐柔だったが、純粋に楽しくなって知識を増やしていった。そうしたものの積み重ねが他人を癒せたとしたら、最高に幸せな学びではないか。

魔女は籠からいくつかティーバッグを選んだ。

「ポットなんかなくていい。どんなカップでもかまわない。ゆっくりとお茶を淹れて、おばあさまと一緒に飲んではどうかしら」

めいかが素直に受け取ると、彼女は続けた。

「私は年齢が近いから、おばあさまの気持ちがわかる。年を取るとこれまで普通にやっていたことができなくなって、ああ嫌だなあ、って思う。時にはひどく落ち込んだりもする。だけどそれも人生の一部。かわいい孫が気遣ってくれるのだから、おばあさまはそんな自分も受け入れられるようになるはずよ」

めいかが真剣なまなざしで聞く。

「おばあちゃん、また元気になりますか？」

「女性はいくつになっても逞《たくま》しいの。自分を受け入れることができたら、また前に進めるはず」

「あたしにも、ちょうだい」みのりが手をだした。「おばあちゃんがここまで歩けるようになったら、一緒に来たいから」

魔女はいくつか渡してやる。

「みのりちゃんが招待状を渡されたときに『でも』とためらっていたのは、おばあさまを招待したいけれど、歩いてこられるか心配したからなのね」

みのりの頭の中では、高速で様々な考えが駆け巡っているのかもしれない。

「ほんと」めいかは、少し嬉しそうに言う。「みのりはわかりにくいんだから」

「姉妹だからなんでもわかりあえる、とは限らないわ」魔女はふと翳《かげ》りを見せる。

「私も、この年になっても姉がわからないときがあるし」

スーさんが妹、ユンさんがお姉さんか。

双子ってどこかで通じ合っていたりするのかな。遠く離れていても、どちらかが怪我をするともう一方も痛みを感じるなんて言われたりするものね。

「あたしはお姉ちゃんのこと、わかってる」みのりは真剣な表情でめいかを見つめる。

「すんごく優しい」

姉がぽっと顔を赤らめた。いやはや、妹は意外と人たらしかもしれないな。

二人が立ち上がったので真希も帰り支度をしようとすると、魔女が言った。

「前屋敷さん、どうせなら後片づけも手伝ってもらえますか」

「はい、喜んで」

真希は心の底から言った。

玄関で、めいかはぺこりと頭を下げた。

「お茶を淹れておばあちゃんと飲んでみます。ありがとうございました。これからもみのりをよろしくお願いします、魔女さん」

真希は一瞬青ざめたが、彼女が満面の笑みを見せてくれたので安堵《あんど》する。

「ポットがなくても魔法は使えるはず。魔女が言うのだから間違いないでしょ」

姉妹を見送ったあと、真希はお盆を持って初めて魔女の屋敷のキッチンへと足を踏み入れた。

不動産屋の血が騒ぐ。料理をしないくせに美しいキッチンを見るのは大好きなのだ。だだっぴろい台所は家庭の主婦用というよりお手伝いさん何人かが働いていそうな広大なスペースで、中央にも調理台があるアイランドキッチン型だ。流し台や蛇口、ガス台は骨董《こっとう》品と呼んでもいいほどの古いものだが、換気扇は比較的新しい。そして、ガス台の上の黄色い鍋《なべ》からは芳香が漂っていた。甘酸っぱいこのにおいは……真希は思わず近づいてしまう。

「なにを作っているのでしょう」

「レモンシロップ」魔女は蓋《ふた》をチラリとあけて中を覗《のぞ》いた。「まだ冷めていないわね。レモネードやレモンスカッシュはこれから作るの。ほかにもいろいろお菓子に応用できる」

飲んでみたい。いやいや、まだ冷めていないのでしかたない。ここは極上のティーフーズが生み出される魔法工場だ。真希はさらにきょろきょろしてしまう。

「この食器洗浄機はボッシュですね。最新式のものでは？」

「先月、洗濯機を買ったときにお店の人に勧められてついでに買っちゃったのよね」

彼女はふんと鼻を鳴らした。「でも、スーが怒っちゃってねえ。『どうせ私が使うことになるんだから、事前に相談してくれないと』って。まあ、確かにキッチンを使うのはほとんどスーなんだけど」

……あれ？

真希はふいに冷や汗をかく。どうしよう。でも、やはり確かめねば。

「あのう、今さらですみませんが」恐る恐る問う。「あなたさまはスーさんでは」

魔女は大きな目をぐるりと回した。

「私はユンです」

またやってしまった！　彼女はやれやれと肩をすくめた。

「まだ区別がつかないのね。みのりちゃんは一度で判別できたわよ」

「スーさんのお部屋に行ったから、てっきり、その……」

つまり、姉がスーで、目の前にいるのが妹のユンなのか。

「リビングの次にエアコンが効くのがあの部屋だからお通ししただけよ。スーはちょっと出かけているけど、連絡したら使っていいって言ったから」

ユンは腰に両手を当て、なぜだか楽しそうに言った。

「ミノベ不動産の開発部は精鋭部隊がいるところだって以前に聞いたことがあるけど、営業員としての人間観察はまだまだね」

一言も返せない。

「さて、お皿洗いはできるのかしら。といっても、軽くすすいで食洗機に入れればいいだけだけど」

神妙にそれをさせていただく。

食洗機が静かな音をたてて仕事を始めると、ユンがどこかへ消えた。ああ、交渉がまた遠のく。がっくりと肩を落としつつ、真希は携帯を確認した。

父からメールが来ていた。

『母さん、揚げ物食べたいとか言っているよ。復活は早いな』

ひとまず大丈夫そうだ。「またすぐに行くね」と送ると、返事が即座に来た。

『仕事の邪魔にならないときでいいぞ』

安堵と同時に一抹の寂しさも感じつつ、新旧が入り交じった魅惑の台所を見回す。

百戦錬磨と謳《うた》われた前屋敷真希だが、そっくりな双子とはいえ、大事な取引相手をいまだに見分けることができないとは自信喪失もいいところだ。

あるいは、戦意喪失なのか。このまま、麗しいお茶会に時々呼ばれる立場でいたいから……

いや、それでは左遷される。下手するとクビかもしれない。なんとしても魔女たちを交渉の椅子に座らせるのだ。

ユンが戻ってきた。

「渡しておきますね」

薄紫色の紙片。

「これは……！」

「スーがみのりちゃんに渡したカードを真似して作ったものよ。今日は立派にホステスを務めてくださったから」

みのりが持っていたカードはスーが作ったのか。こちらはユンの作ったもの。気のせいか、筆跡もそっくりに見える。

『次回のお茶会にご招待いたします
あなたが大切に思う方をお連れください』

ここにいていい、と言われたような気がした。どこにも居場所がないと凹《へこ》んでいたのが嘘のように晴れやかな気分だ。

「あくまでもお茶会のメンバーとして、です。交渉には一切応じませんから」

「それはまた他日に」真希はきらりと目を光らせる。「お茶会と仕事はきっちり分けます」

ユンが玄関の外まで見送ってくれた。

「そろそろ虫が出てきているかもしれないから、気をつけて歩いてね」

真希は苦笑した。

「あの森の中を通ったら、まったく防げない気がしますが」

ユンは首を傾げる。

「裏門までの石畳はさほど刺されないとは思うけど」

あの小さな出入口が、裏門？

まさか……。

また冷や汗が出る。

「つかぬことを伺いますが、この敷地の出入口はどこにあるのでしょう」

「この建物に沿って」ユンが右手のほうを指す。「裏に回って、石畳をまっすぐ歩くと裏門に」

なんと！　道路からはそんな門を見つけられなかった。

「ちょっと事情があって表門を使わなくなったので、裏門を反対側に作ったの。物騒な世の中ですし、一見石垣にしか見えないようにして」

驚愕《きょうがく》する真希に、魔女は面白そうな顔を見せる。

「これまでどこから入ってきていたの？」

「竹垣の下の小さな隙間から。みのりちゃんが教えてくれたんです」

ユンがまた両手を腰に当てた。

「あれは、昔飼っていた猫の出入口なの。確かにみのりちゃんには教えたことがあったけれど、彼女も裏門は知っているはずよ」

「では私は、これまでずっと猫用の門から出入りしていたんですか！」

はっと思い出す。みのりと初めて話したとき『あなたはジジの変身した姿？』と聞かれた。

「……『魔女の宅急便』という話に、猫が出てきましたよね。名前は〝ジジ〟」

「そんなアニメ映画があったわね。ちょうど私が海外から日本に拠点を移したころ話題になったような……確かに黒猫が出てきたわ」

私が不用意に『魔女』と言ったから、みのりの頭に猫のジジが浮かび、裏門ではなく猫用出入口に案内されたのかも……。

真希はがっくりと肩を落とした。

「みのりちゃんのセレンディピティな言動は時として罪ですね。わかりにくすぎます」

ユンは肩をすくめた。

「私たちに必要なのはいつでも、ほんの小さな気づきなのよ、きっと」

第四章　ミルクティーと運命の石

With the first cup of tea you are a stranger. With the second cup of tea you are a friend.
With the third cup of tea you are family.

1杯目はよそ者、2杯目はお客、3杯目は家族（『スリー・カップス・オブ・ティー』）

「折り入ってお話が」

若槻萌が深刻そうな表情でやってきた。トラブルでも起きたのか。

真希は身構えつつ、先輩の余裕を見せようと努力した。

「どうしたの。なんでも相談して」

「相談というよりご報告です。実は、会社を辞めることにしました」

なんと。

「残念だわ。若槻さんのことだからいい転職先を見つけたんでしょうね」

彼女は一度下を向いてから、すまなそうに顔を上げる。

「結婚するので仕事は辞めるつもりです」

一瞬、言葉に詰まる。

「おめでとう。あなたは結婚しても続けると思っていたけど」

「彼氏に海外転勤の話が出ているんです。来年早々にイギリスに」今は七月だから、あと半年もないのか。「勢いのあるIT系の会社でいいポジションにいるので、私が働かなくても余裕で生活できるからって」

「それは、いい彼氏さんね」

萌は一気にしゃべる。

「子供も産んでおきたいし、ここいらがタイミングかなあって思ったんです。ウェディングドレスも派手なの着たいんですよねぇ。年を取るにつれだんだん地味なデザインにしないといけなくなるでしょ」

なぜかあまり楽しそうではない。ひとまず反論してみる。

「五十歳でも六十歳でも、派手なの着てもいいんじゃない」

「私は嫌なんです。純白のドレスって、きれいな肌が似合うじゃないですか」

「それは、個人の見解だけど」

「結婚式って女性のためのものだって言うけれど、やっぱりそうだと思います」

まあ、主役としてドレスを着るなんてイベントはそうそうないから。

「女の人って、結婚すると人生ががらっと変わっちゃうこと結構あるじゃないですか。昔は嫁いだら実家にもめったに帰れなかったとか。今はそうでもないけれど、でも、そういう名残りもあって、覚悟を決めるためにあんな派手な式をやるんですよ、きっと」

今度は反論できなかった。

そして、真希は本心から言った。

「本当に残念だわ。あなたならもっと大きなプロジェクトも手がけられるようになったはずだから」

「そのとおりですが」否定しないところが萌らしい。「だけど最近、つくづく考えちゃったんです。仕事をバリバリ続けているばかりじゃ幸せになれないかもって」

幸せ、か。

「今のキャリアが途切れるのはもったいないです。でも、ずっとこの仕事をしたいのかっていうと、必ずしもそうでもないし」

「不動産の仕事が、ってこと？」

萌はうなずいた。

「私、優秀だから、どんな仕事もそこそこできちゃうんです」このあたりも萌らしい。

「不動産業は扱う金額が大きいし、経営者と直接渡り合えるところも魅力です。でも、これが人生をかけるほどの生き甲斐《がい》かっていうと……」

一度下を向くと、視線を戻し明るく言い放った。

「どうしても続けたいか迷うってことは、そうでもないんだと結論したんです」

「そう、なのね」

萌は鼻にシワを寄せて不満げに続ける。

「正直なところ、夫の転勤に女の人がついていくってところは気に食わないんです。でも、どちらかが譲歩しないといけないときってあるじゃないですか。彼にとってはチャンスだし、それを行くなって言うのも違うし、じゃあ、遠距離か、それとも別れちゃうのか」その瞳《ひとみ》は力強く輝いていた。「それで、〝男〟が〝女〟が、ってことではなくて、今回は〝私〟が譲歩することに決めました」

潔い。

なにかと絡んできて面倒な後輩だが、こういう思いきりのよさは認めていたのだ。

「あなたの選択ですもの。祝福するわ。本当におめでとう」

「ありがとうございます。まだ部長にも話していないので、しばらく内密にお願いします」

「もちろん。タイミングを見て報告すればいいわ」

都心の初夏の夜はあまり爽《さわ》やかではなく、ひたすら蒸し暑い。

真希は、マグカップに入れたラズベリー&レモンのハーブティーを持って自宅マンションのベランダに出た。むんとする夜気が肌にまとわりつくが、今はその鬱陶《うっとう》しさがありがたかった。イケてない自分を気候のせいにできそうだから。

ベリーの甘い香りを吸い込むと、身体にこびりついた疲労が少し溶けてくれるように感じられる。

昼間の萌の言葉が、今も頭に残っていた。

――仕事をバリバリ続けているばかりじゃ幸せになれないかも
そつなくスマートに仕事をこなしているように見えた彼女が、そんなふうに考えていたとは。

――今回は〝私〟が譲歩することに決めました
カップを両手で包み、柵《さく》に寄りかかる。

なんだかんだ若槻萌はすごい。現実に向き合い、きちんと前に進んでいる。

それに引き換え、自分はどうだろう。

〝為《な》せば成る〟で突っ走ってきてしまった。萌のように、人生の節目できちんと考えることはなかった。

眼下の古川《ふるかわ》を見つめる。特に美観でもない都心の小川だが、たまに白サギを見かけるのでそれなりにきれいなのかもしれない。

川面《かわも》に向かって、大きなため息を吐く。

最近、桜坂部長の態度がますます冷たくなってきた。以前のように嫌みを言ったり業務を邪魔してくるのではなく、まるで真希が存在しないかのように無視するのだ。

部長だけではない。同僚も後輩も、腫《は》れ物を遠巻きに見るような視線をよこすのみで近づいてもこない。ごく普通の空気感で話しかけてくるのは今や若槻萌だけだ。その彼女もいなくなるという。

私は会社にとって不要な人材なのか。母が倒れて数日休んでも、誰も困らなかった。このままデータ入力業務を続けていたら自分が自分に絶望して、会社を辞めてしまいそうだ。部長はそれを狙っているのかもしれない。

そもそも私が築いてきたキャリアは、さほど立派なものでもなかったようだ。自分にとっては宝石だと思うものも、他人から見たらただの石だったりする。

魔女のお茶会で出会った人たちを思い起こす。

蒼梧が必死に築いた〝いい子〟の自分、根岸綾子が大事にするPTAの立場、みのりのセレンディピティなこだわり。どれも他人が見れば「そこまで固執しなくてもいいんじゃない？」と言いそうなものだが、本人にとっては非常に重い。その〝石〟が、真に大切にすべきものなのかどうか、いつ、どんなときにわかるのだろう。時を経ればおのずと気づくものなのか。五年後、十年後、自分はどうなっているのだろう。

不動産営業の仕事は好きだし、続けたいと思う。今のデータ入力業務からはなんとしても脱却して営業の仕事に戻りたい。しかし、ここ数ヶ月、魔女の敷地の交渉に注力してきたのに一向に成果が見えてこず、自信を失いつつある。

深く考えてこなかった両親の先行きにも唐突に向き合うことになり、将来がひどく不安だ。幸い、母は順調に回復してリハビリセンターに転院できた。文句を言いつつ運動に励んでおり、遠からずセンターからも退院できそうだ。ひとまず安堵《あんど》はしたが『介護』の二文字はこの先さらに大きくなっていくだろう。

来年は四十歳。日本女性の平均寿命は八十七歳くらいだそうだから、そろそろ人生の折り返し時期にさしかかる。遅まきながら、脇目もふらず突っ走ってきた自分を見直すときなのかもしれない。

同級生の貴恵《きえ》は結婚して海外で子育て中。後輩の萌も仕事に区切りをつけて結婚を選んだ。それなのに私は……

いや。

魔女のお茶会で学んだではないか。人と比べてはいけない。私の人生は私だけのものだ。チャの木は世界に一種類。どんな香りや味になるかは、それぞれの茶葉次第。

楽観的に考えれば魔女たちがいずれ土地を売却してくれるかもしれない。それが叶《かな》わず会社から追い出されたら、雇ってくれそうな別の会社を必死に探してみよう。

七月の生ぬるい風が頰をなぜた。自然教育園の、緑のにおいのする風を思い出す。都会の騒々しさや華やかさが大好きだったはずだが、最近は自然溢《あふ》れる環境も悪くないと思えるようになってきた。

将来は瞬一と共に彼の故郷に住み、地元の不動産屋に就職して町の活性化に尽力するのもありかもしれない。

そんなふうに思っている自分に驚く。カップに残ったハーブティーを飲み干し、これもお茶の効能かなと思ったりする。

携帯が震えた。瞬一からメッセージだ。

『会いたい』という文字に目頭が熱くなる。なんていいタイミングだろう。

すぐさま返信した。

『私も会いたいと思っていたの』

約束の日時を決め、ほっとする。ベランダから部屋に戻り、バッグに大事にしまってある招待状を取り出した。

「誰を誘っても、いいのよね」

魔女たちや宇津木、蒼梧、みのりに瞬一を引き合わせるのは照れくさいが、その光景を思い浮かべるだけで心が弾む。

ここ数ヶ月の出来事を瞬一にすべて打ち明けよう。あいまいにしていた二人の関係も話し合おう。家庭をもつ、ということを真剣に考えてみよう。

真希は久しぶりに念入りにおしゃれをした。昨日買ったばかりの濃いグレーのワンピースを纏《まと》っている。本当はライトブルーかライムグリーンのものを買おうと思っていたのだが、試着室で鏡を見たとき肌の色がくすんでいることに気づき、明るい色を避けてしまった。萌の言っていたことはある意味正しい。

魔女たちの影響もある。最近、黒がなんとも魅力的に思えるのだ。だが彼女たちのように粋《いき》に着こなせる自信がなかったので、グレーになった。カジュアルとフォーマルの中間くらいの、膝下《ひざした》までのAラインはなかなかシックだ。

デートの前に美容院とネイルサロンにも寄った。完璧《かんぺき》だ。

待ち合わせはパークハイアット東京の一階ロビー。

瞬一はもう来ていた。最後にちゃんとデートしたのは三ヶ月以上前かもしれない。

真希の心は弾んだ。

「ごめん、待った？」

「いや」

彼は照れたように下を向く。いつもの癖だ。

なにもかもさらけ出すと決めていたので、半分くらい肩の荷が下りた気分だった。仕事をしくじったのは自分の人生を考え直すきっかけを持つためだった、と前向きに考える。瞬一という存在の大きさを再確認できてよかった。

失敗話だけでなく、魔女の屋敷でのお茶会、紅茶に詳しくなったことなど、話したいことはたくさんあった。なので、サプライズを用意した。

「実は、〝ピークラウンジ〟のアフタヌーンティーを予約したの。四十一階よ」

エレベーターに向かって歩きだそうとすると、彼の手が真希の肩に触れた。

「そのアフタヌーンティーって、豪華なやつだよね」

「もちろん奢《おご》るわよ。前に私が遅刻しちゃって会えなかった埋め合わせ」

「いや」瞬一は真剣な表情で見つめてくる。「そういうのを食べながら話すのって違うと思うから、ここで言う」

なんだろう。真希は彼とまっすぐ向き合った。

瞬一は、大ぶりの紙袋を突き出した。

プレゼント？

……まさか、プロポーズ。

しかし袋が大きすぎるし、こんなところで……

「ごめん」彼は両手で袋を捧《ささ》げたまま深々と頭を下げた。「俺、ほかに好きな人ができた。その人と結婚する」

癒《いや》しの場所を求めて自然教育園に直行したが、入口に立ったときに思い出した。

ここに瞬一を連れてこようと思っていたんだった。

真希は肩を落とし、踵《きびす》を返すと目黒駅のほうへ歩きだした。ふと、隣の〝東京都庭園美術館〟に目がいく。旧皇族の建物が見事で豪奢《ごうしゃ》な内装や装飾品の数々を堪能《たんのう》できると聞いていたので、一度行きたいと思っていた。企画展が開催されており、建物内部を見られるようだ。フラフラと入ってみる。

受付で入館料を払い、建物までの長く広い道路を歩く。七月の強い陽射しは、両側の高木が遮ってくれていた。

昔の邸宅は一見無駄だと思えるほど広かったりする。門から屋敷までの距離と時間が世間と私邸を隔てる役割を果たしているのかもしれない、と真希は歩を進めながら考えた。家とは、家族や親しい人と和やかなときを過ごす大切な場所なのだ。

旧朝香宮邸の内部は素晴らしかった。ルネ・ラリックのガラスレリーフやシャンデリア、ブランショの壁面の銀灰色のレリーフ、美しいサイドボードや鋳物で作られたラジエーターカバー、あの照明器具もあのドアノブも非常に細密だ……

心躍るはずの内装や調度品を見ても、さきほどの瞬一の声が脳裏から離れない。

――去年、弟のところに子供が生まれただろ。それで、やっぱり自分の子が欲しいって思っちゃったんだ
気分が悪くなり、建物の外へ出た。〝庭園〟美術館だけあって広い庭があるようで、多くの人が生垣の先に向かう。真希もノロノロと進んだ。

見晴らしのよい広場のような庭だ。客は石のモニュメントの写真を撮ったり草花を見たりするなどしてのんびり過ごしている。日傘を差してそぞろ歩くご婦人もいた。

真希は高木のそばのベンチにしょんぼり座った。日向《ひなた》と日陰の半々くらいの場所で、右腕のみがじりじりと熱い。

空はうす青く、雲ひとつなく、陽光がギラギラと輝いて美しかった。

なんで、こんな天気のいい日にふられるのよ。

――三月に同窓会が地元であって、そこで久しぶりに元カノに再会したんだ。同級生の妹で、高校時代に付き合ってた子だ。ゆっくり話をして、お互いに気持ちがまだあるって気づいて
三月といえば例の詐欺事案に振り回されていたころだ。その時から瞬一は……

――彼女ももう三十四歳で、子供は早く欲しいって言ってる。俺の親もこのごろ病気がちなので、そろそろUターンしたいと考えていたし

ベンチ脇に置いた紙袋を見つめる。彼の部屋にあった真希の私物だ。歯ブラシ、マグカップ、着替え数枚。

五年付き合って、彼のもとに置いたのはたった紙袋ひとつ分……。

携帯が鳴った。

一縷《いちる》の望みを持って画面を見るが、瞬一ではなく知らない番号だ。

『前屋敷さんだね』聞いたことのある偉そうな口調。『ひょっとして今、旧朝香宮邸の庭にいますか』

周囲を見渡す。携帯を耳に当てているメガネの男性が巨大な石の彫刻作品の前に立ち、こちらを見ていた。真希はため息まじりに答えた。

「偶然ですね、宇津木さんもこちらにいらっしゃるとは」

『私は偶然ではない。必然だ』

わけのわからないことを。今はその高飛車な態度に付き合う余裕はないのに。

電話を切り、彼が近づいてくるのをしかたなく待った。

宇津木は真希の顔をまじまじと見つめてきた。

「なにかありましたか」

ありましたとも。

そうは言えず、少々体調が悪くて、とごまかした。

宇津木は真希をしばらく見つめたのち、おもむろに携帯を取り出した。

「もしもし。ああ、ユンさんですか、先ほどはどうも。やはり彼女でした。これから二名でお屋敷に伺いたい」

彼は電話を切ると歩きだした。その後ろ姿に声をかける。

「……あのう、私は、今は」

彼は振り返ると、確信に満ちた表情で言った。

「スリーカップスオブティー」


「ずいぶん急ですわね」

そう言いつつも魔女は淡々と迎えてくれた。宇津木が電話をしていたのでユンさんのほうだろう。

宇津木はどんどん屋内に入っていった。

真希は遠慮がちに靴を脱ぎ、上がり框《がまち》で頭を下げる。

「突然ですみません」

彼女は真希をじっと見つめ、ふいっと踵を返した。

宇津木のゆるぎない足取りにつられて来てしまった。ここは大事な交渉先だから、こんな情けない顔を見せてはいけないのに。

だが、実は少しほっとしている。あのまま庭園にいたらどうにかなってしまいそうだった。温かい紅茶と美味《おい》しいティーフーズと、他愛もないおしゃべりを渇望している自分がいる。

廊下を端まで進み、裏口らしきスペースまでやってきた。真希はサンダルを借りて履き、魔女が開けたアーチ形の黒いドアから外に出る。

鮮やかな光景にはっと胸を打たれた。

緑色、と一言で言っては申し訳ないような美しい色合いの芝生が、十畳分ほどのスペースに広がっていた。中央には背もたれ部分の彫刻が美しい白い椅子五脚と愛らしい丸テーブルが置かれ、いまにも三月ウサギが懐中時計をぶらさげて飛び込んできそうな、不可思議な雰囲気を醸している。周囲は、高木の揺らめく森だ。

そっと足を踏み出す。サンダルの底に感じる柔らかい大地の感触。頬をなぜる熱い空気。アブラゼミのジーッという大音量と木々のざわめき。真希は自然の恩恵を身体全体で享受した。

先ほどの庭園美術館の庭も広大で美しかったが、それとは違う、こぢんまりとまとまっていて少し秘密めいた気配さえ漂う、ここは〝家庭のお庭〟だ。

高木の枝葉は緑の芝生にまだらの影を落としていた。ときおり吹く風でその影がさわさわと揺れ、さながら幻想的な影絵芝居のようだ。

「すてきな庭ですね。魔法みたい」

思わずつぶやくと、魔女は穏やかに笑う。

「魔法使いは私じゃなくて、宇津木さんよ」

見れば、宇津木はすでに麦わら帽子と長靴と軍手といういでたちで、シャベルを持って庭の端に座り込んでいた。こちらを見ずに声をかけてくる。

「蚊取り線香を頼みます」

「用意してありますよ」

彼女はCDほどの大きさの丸い缶を数個出してきた。チャッカマンで中の渦巻きに火をつけ、庭のそこここに置いていく。

自然の香りに、少し煙たいにおいも混じった。

夏だ、と改めて思う。閑職に追いやられてから約四ヶ月。時の経つのは早い。

「前屋敷さん、お座りなさいな。今、お茶を持ってきますから」

魔女は屋敷のほうへ戻っていった。

真希は椅子に座り、足元の芝生の上に紙袋を置いた。頭上には程よく枝葉が広がり、強い陽光を上手に遮ってくれていた。

椅子からは宇津木の様子がよく見えた。シャベルで土をいじるたびに麦わら帽子がひょこひょこと動く。芝生の切れ目に小さな花壇を作っているらしい。拳《こぶし》ほどの石が楕円形《だえん》に並べられ、その中の土を耕している。

セミの大合唱は、森の中にぽっかり空いた緑の空間を見事に支配していた。瞬一との幸せな未来が閉ざされた真希の頭上で、七日間しか生きない小さな生き物のプロポーズ合戦が繰り広げられているのだ。

このままセミと一緒に泣き叫び、やがて力尽きて土に埋もれてしまいたい……。

「おや、これはなんだろう」

急に宇津木が大声を出した。

真希は立ち上がってそばに行き、しゃがみ込む彼の上から覗《のぞ》いた。深さ二十センチほどの土の中に、白っぽい丸みを帯びたものがチラリと見える。

「石ではないんですか？」

「違うようだ。茶碗《ちゃわん》だろうか」

土に埋まった白くて丸いもの。まさか人骨ではないだろうな。

彼は軍手をした指でそっと丸いものをなぞる。

「陶磁器だな」

真希は安堵《あんど》した。

「古い食器を処分したのかもしれませんね」

宇津木はうなずくと、シャベルを中央に差し入れようとした。

「待って」真希は、素手でそっと陶器の周囲の土を払う。「ひょっとして価値のあるものかもしれません。ゆっくり掘り出しましょう」

「どうやって」

――遺跡の発掘には細心の注意と、先人たちへの敬意が必要なんだ
瞬一が熱く語っていたことを思い出し、胸が痛んだ。彼の遺跡発掘への情熱は時に鬱陶《うっとう》しいほどだったが、そんな他愛のない会話も、もう二度とできない。

宇津木から予備の軍手をもらい、手にはめると丁寧に陶器を掘り出した。

「こうして、ちょっとずつ、慎重に掘り起こすんです」

「意外だな」彼は横でじっと見つめつつ言った。「前屋敷さんはガンガン突き進むタイプだと思っていたが」

思わず苦笑し、彼氏が、と言おうとして一度口を閉じる。

「知人がこういう仕事をしていたので、なんとなく知っているんです」

時間をかけて取り出した器は、茶道で使う茶碗のような形状だった。欠けた部分もなく、きれいな形をとどめている。

「古そうだな」

宇津木は首をかしげる。

「この家の誰かが昔使っていたものかもしれませんね」

魔女がワゴンを押しにくそうにしてやってきたので、真希は手伝った。

「今日はスコーンしかないのよ」

彼女はスコーンが入った籠《かご》、クロテッドクリーム、ジャムの入った容器などを手際よくテーブルに並べる。

その間に宇津木はどこからか出してきた七輪に炭を入れ、汗だくで着火していた。

「これは？」

「七輪があれば、湯がいつでも沸かしたてだ」

なるほど。

魔女はたっぷり湯が入った鉄瓶を七輪の上に置いた。

「お湯だけで美味しそうですね」

思わず言うと、魔女は黙って微笑んだ。

身体にまとわりつくような重い夏の熱気と、厳かに湯を沸かす鉄瓶の熱、微《かす》かな蚊取り線香のにおいと、降るようなセミの鳴き声……

心は重く沈んでいるのに、身体は宙へ浮いているような感覚に陥る。

魔女が鉄瓶の湯を白い大きなポットに注ぎ、やがて紅茶の濃厚な香りも加わった。

「……この茶葉はアッサムですか？」

「ええ。ミルクがよく合いますから」

かれている。
魔女は地厚のマグカップを用意していた。それぞれに赤、ピンク、青の花が一輪描

彼女は先に紅茶を注ぎ、あとからミルクを注いだ。カップの中で濃いルビー色と白が混ざり、あっという間に美しい〝ミルクティー色〟ができあがる。

真希はカップの水面を眺め、覚えた知識を披露した。

「イギリスの上流階級ではMIA〝ミルク・イン・アフター〟が好まれ、労働者階級ではMIF〝ミルク・イン・ファースト〟がメインだとされ、今も論争が絶えないそうですね」

魔女はそのとおりというふうにうなずいた。

「私はMIAが格別好きというわけではなく、癖で先に紅茶を入れてしまうだけですけれどね」宇津木に声をかける。「お茶はあとにしますか？」

「そうだな。きりのいいところまでやってしまいたい」

「では、先に始めています」

真希はマグカップにたっぷり入ったミルクティーを飲んだ。暑い日に熱いお茶。これもいいものだ。

魔女は小ぶりの籠を持ち上げ、中からスコーンを取り出した。

「ティーフーズはいろいろあるけれど、私はミルクティーとスコーンの組み合わせが

一番好きだわ」ゆったりと手に取る。「イギリス人はこの組み合わせにわざわざ『クリームティー』という呼び方までつけたのだから、スコーンは多くの人が気に入っている紅茶のパートナーなのでしょうね」

「パートナー、ですか」

「互いの良さが相乗効果で盛り上がる組み合わせって必ずあるわ。相性がいい、ってことね。人と人とも、相性の良し悪しはありますし」

　真希はじっとスコーンを見つめた。

「人との相性って、どういうことで決まるんでしょうね」

　自分の声が震えていることに気づく。

　魔女はそんな真希をじっと見つめてから、口を開いた。

「スコーンの語源を知っている？」

「……いいえ」

「白パンを意味するオランダ語もしくはドイツ語からきているというのが定説だけれど、ほかにちょっとロマンティックなものもあるの」

　彼女は丁寧にスコーンを上下に割った。

「スコットランドのScone《スクーン》村にあった『運命の石、Stone of Destiny/Stone of Scone』という伝説から来ていると言われているの」

「運命の……石？」

現在、スコットランドの首都エディンバラにあるエディンバラ城には、小学生の机ほどの大きさで高さ三十センチ弱のごく普通の石が〝宝〟として展示されている。王にふさわしい者が座るとその石が声を出して知らせる、という古い言い伝えがあり、長らくスコットランドの自治の象徴として大切にされてきた。

「ところが、十三世紀にイングランド国王エドワード一世がスコットランドを蹂躙《じゅうりん》し、スコットランドのシンボルである運命の石をロンドンへ運んでしまったのよ。その後も石はいろいろな事件に巻き込まれるのだけれど、一九九六年に無事にスコットランドに戻ったの。『運命の石』という小説もあるくらい、スコットランドでは有名な話よ」

菓子のスコーンが石みたいな形に見えることや、『運命の石／Stone of Scone』とscone《スコーン》が同じスペルだったことなどから、その石に因《ちな》んで菓子名がつけられた、という説が今も唱えられているという。

「運命の石……ロマンを感じますね」

真希はそっと半分に割り、なにもつけずにそのままかじった。

サクサクホロホロした口触りが、まったりとしたミルクティーを口内に誘っているかのようだ。確かに、最高のパートナーかもしれない……。

「石は、ただの石だ」急に宇津木が声を出した。「こうして庭仕事をしていると、でかい石にぶち当たることがしばしばあって、頭にくる」

　魔女は笑った。

「見えている部分が小さくても、掘り進むととてつもなく大きな石だった、なんてことありますね」

「やはり、わたしには園芸は向いていないか」

「そんなことないわ。ここはステキになりましたよ」

「しかし、どうも予定どおりにはいかんのです」

　宇津木はブツブツ言いながら立ち上がり、こちらにやってきた。

　ふと興味が湧いて聞いてみた。

「宇津木さんはどのような経緯でこちらにいらしたんですか」宇津木の足が止まる。

「あ、すみません。個人情報でしょうか」

　彼は再び動いて真希の隣に座ると、ぼそりと言った。

「魔女とは、東京都庭園美術館で出会ったのだ」

　そうだったのか。

「偶然ではなく、必然だったのだ」

　さっきもそんな言葉を。どういう意味だろう。

　宇津木は眼前のカップやポットをじっと見つめたのち、淡々と述べた。

「初めて会った時、わたしは家内を亡くしたばかりで、自分がなにものかわからなくなっていたのだ」

意外な感じがした。遠慮がちに言ってみる。

「それほど奥さまを愛していらっしゃったんですね」

「違う」即座に答えてから、宇津木は言い淀《よど》む。「いや、まあ」

彼は少し黙ったのち、つぶやいた。

「どこから話すべきか」

魔女は静かに言った。

「奥さまとの馴《な》れ初めからでよろしいんじゃないかしら」

宇津木はじろりと魔女を睨《にら》む。が、素直に話しだした。

家内とは二十八歳のときに会社の上司の紹介で知り合った。お見合いみたいなものでね。家柄も人柄も特に問題なく、上司が勧めるのだからと結婚を決めた。

家内は……美也子《みやこ》は四歳下のもの静かな女で、容姿は、まあ人並みだ。結婚するまで親戚《しんせき》の経営する会社で事務員をしていたが、その後はずっと専業主婦だった。

二人の子供の育児教育は家内にまかせ、わたしは仕事に邁進《まいしん》していた。『24時間戦えますか』などという栄養ドリンクのテレビCMが流れていた時代だ。残業は当たり前で上司の飲みの誘いは一切断らず、休日は接待ゴルフか接待マージャンだった。

以前も話したが、わたしの実家は貧しくてね。自分で頑張るしかなかった。がむしゃらに働いて順調に出世し役職も得て、目白《めじろ》に一戸建てを持ち、家族に何不自由ない生活をさせ、夫として父として務めを果たしてきた。

長男は国立大学を卒業して大手企業へ就職し、結婚して今は関西《かんさい》に住んでいる。長女は有名私立大学を出て商社に勤めたのち、同僚と結婚して九州《きゅうしゅう》にいる。

わたしは四年前に定年を迎えたが、そのまま嘱託社員として働き続けた。

実はその際、家内と少しだけ揉《も》めた。

――あなた、そろそろお仕事はおやめになって、のんびりされたらいかがですか

とんでもない。まだまだ元気だし、会社はわたしを必要としている。六十五歳まで働けるのだから当然勤めるべきだ、と美也子の進言を退けた。

そして……

去年の十月のことだ。出先で仕事が順調に片付いたのでいつもより早い時間に家に帰ると、電気が消えており家内はいない。買い物だろうかと待ったが、七時になっても戻らないし携帯も繋《つな》がらない。

わたしがいない間、美也子は遊び歩いているのでは。そんな不快な疑いが頭をよぎった。夕飯の支度もされておらず空腹で苛立《いらだ》ちながら、地方にいる家内の妹に電話をしようかと思案していると、家の電話が鳴った。

警察からだった。

年配の女性が昼過ぎに目黒駅近くの道で倒れて病院へ運ばれた、持ち物からその人が宇津木美也子さんだとわかり電話をした、と言われた。

警官は淡々と続けた。

――誠に残念ですが、奥さまは運ばれてから二時間後にお亡くなりになりました心臓発作で倒れて、そのまま意識が戻らず逝《い》ってしまったのだ。

その後の記憶は少しぼんやりしている。子供たちが駆けつけ、葬儀が行われ、目白の自宅に仏壇が置かれた。

やがて、子供たちが遠慮がちに提案してきた。このままでは不自由だろうし、将来を見据えて今のうちに介護付きマンションにでも引っ越したらどうか、と。

即座に断った。苦労して建てた家だ。ここに住み続けるに決まっている。

子供とは仲が悪いわけではないが、特に良いわけでもない。それはそうだ。子育てはすべて家内がしていたのだから。実は彼らの悩みの相談に乗ったことは一度もないし、わたしも彼らに腹を割って話したことはない。ただひたすら、家庭を守るために働くことが義務だと思っていたからだ。今後も子供たちの世話になるつもりはない。そして、他人の世話になるほどまだ老いてもいない。

やがて息子たちは自分の生活に戻るべく帰っていき、わたしは一人になった。

食事は外食するか弁当でも買えばいい。洗濯はクリーニング屋に出す。掃除は、まあ慣れていないがなんとでもなる。その気になれば家のことくらいこなせるはずだ。そうたかをくくっていた。

しかし、たちまち途方にくれた。

まず、お茶っぱがどこにあるかわからない。急須《きゅうす》は。わたしの湯呑《ゆのみ》は。ゴミ袋は。トイレットペーパーの予備は。電球は。

溜《た》まった留守電録音はどうしたら消える。エアコンのフィルターの交換方法は。シャツについた小さな染みは。家内はなにもかもささっとやっていたのに。

一ヶ月ほどすると家の中はぐちゃぐちゃになり、わたしは疲れてしまった。

会社の人たちが心配して促してくれ、わたしは新卒で働きだしてから初めて、何日か続けて休暇を取ることにした。

平日の昼間、雑然としたリビングに座り室内を眺めたよ。

そこで初めて、家内はこの家でどんなふうに過ごしていたのだろう、と考えた。

わたしは二階に書斎を持っている。若い頃は買えなかった文学小説全集が並んだ立派な部屋だ。しかし美也子にはそんなスペースはなく、ダイニングテーブルの決まった席に座って家計簿をつけたりしていた。

そこに座ってみた。すぐ横に小さな棚がある。引き出しを開けると、家内の私物とでもいうものが詰まっていた。

家計簿、といっても、数字の羅列ではなく、レシートを貼って「どこどこでこんなものが安かった」「友人とランチをした」などのメモ書きが添えられたノートで、十数年分が保管されていた。一番新しい記録は亡くなる前日で、スーパーのレシートと「よさそうなサバを購入。味噌煮《みそに》がいいか」との文字。その夜、わたしは仕事の付き合いで遅くなり、家で食べなかったことを思い出した。

美也子の日常生活を垣間《かいま》見る思いで、ノートを遡《さかのぼ》って見続けた。

家内はしばしば目黒に行っていた。学生時代の友人が住んでいたからだ。亡くなった日もその友人と会おうとしていたのかと思ったが、葬儀に来てくれた彼女は、その日は約束をしていなかったと告げた。

疑念が湧いた。あの日、美也子はなぜ目黒に行ったのか。

一年分を遡って見たとき、庭園美術館に何回か訪れていることに気づいた。館内のカフェでケーキセットを食べたりしている。

引っ込み思案で、一人で行動することを嫌がっていた家内が美術館に行ってお茶をするとは。

家内の携帯を、亡くなってから初めて開いてみた。特に怪しい通信履歴はなかったが、わたしはしばらくの間、疑心暗鬼に駆られていた。ひょっとして美術が好きな誰かに感化されて、その人物と会うために出かけていたのでは……

美也子の家計簿を何年も遡って読んだ。そして、わたしの退職のころに、珍しく何冊も雑誌を購入しているのに気づいた。旅行や、自然の風景のものだ。

引き出しをさらに探ると、雑誌の切り抜きを貼りつけたノートが見つかった。全国の美術館の記事だ。東京の根津《ねづ》美術館、愛知の桑山《くわやま》美術館、兵庫の西宮市大谷記念《にしのみやしおおたにきねん》美術館、そして目黒の東京都庭園美術館……

こんなに以前から美術館に興味をもっていたとはついぞ知らなかったので、裏切られたような気分になった。

目黒駅で倒れた日は庭園美術館を訪れるつもりだったのかもしれないと考え、わたしは行ってみることにした。去年の十二月下旬のことだ。

旧朝香宮邸の建物内は素晴らしかったが、見学はそこそこにして美也子が入ったはずのカフェへ行った。

カフェ　テイエンは奥に細長い店だ。長い片側部分がガラス張りで、席がガラス沿いに並んでおり、庭を思う存分眺められるように設計されていた。外にもテラス席があるが、その日は寒かったせいかそちらの利用者はなかった。

わたしは店内中央の窓際に座った。そういえば家内との最初のデートで入った喫茶店も窓の広いところで、ケーキセットを食べたなと思い出した。それで柄にもなく、一人でケーキを食べることにした。

紅茶とチョコレートケーキがやってきた。

家内との初デートではアップルパイが出てきて、わたしはフォークでパイをうまく切ることができなかった。焦ってフォークを使うほどパイが無残にも崩れていき、中のリンゴがドロドロ流れ出てしまった。すると家内は、わたしと同じように自分のパイをフォークでぐしゃぐしゃに潰《つぶ》し、にっこりと笑ってそのカケラを掬《すく》って食べた。ああ、気遣いのできる女性だなあと思ったものだ。

そんなことを思い出しながらふと横を向くと、窓に反射して、背中合わせに座る全身黒い服の女性の姿が見えた。

わたしと同じ長四角のチョコレートケーキを、彼女はケーキの向きを縦にしてじっくり眺めている。

思わずそれを真似した。

彼女はフォークを持ち上げ、ケーキに刺す前に、顔を近づけてまたじっと見つめていた。それも真似た。

すると、女性はフォークを一度テーブルに置いた。そのとおりにした。今思えば、黒服の女性からもこちらが見え、自分を真似する男が怪しい人物に感じられたに違いない。

なのに、彼女は振り向いて、こう言ったのだ。

——よかったら、ご一緒にお茶を飲みませんか？

仰天して飛び上がらんばかりだったが、結局、ケーキとカップを持って彼女の前に座った。

そのときは互いに名乗りもせず、わたしは彼女と同じ動作でケーキを食べ、紅茶を飲み、当たり障りのない会話をし、それぞれ自分の会計をして別れた。

翌日も行ってみた。なにやら予感がして、あえて前日と同じ時間帯を狙った。彼女はカフェの入口で待っていた。

同じテーブルに座り、同じケーキセットを頼み、そのときは名乗りあい、多少の自己紹介もした。

その翌日、またもや行ってみると、女性はまたカフェの入口に立っていた。そして言ったのだ。

——スリー・カップス・オブ・ティー。今日は私の家のお茶会にいらっしゃいませんか？

「それが、わたしと魔女たちの出会いだ」宇津木は淡々と続ける。「誘われて来てみると、森のような敷地の中に古色蒼然《そうぜん》とした和風建物があり、中は打って変わって洋風の応接間だ。そして黒ずくめの女性がもう一人。まさに『魔女の屋敷』だった」

〝魔女〟の連呼に真希がそっと本人を見ると、彼女は微笑みながら宇津木にマグカップを渡した。

「すっかり、そう呼ばれることに慣れてしまったわ」

風が、さあっと木々を揺らした。熱い空気ではあるが、緑たちがその熱さを少し緩和してくれているように感じられた。

「スリー・カップス・オブ・ティー」真希はつぶやいた。「さきほど宇津木さんも言っていましたが、なにか意味があるのですか」

魔女は柔らかくうなずく。

「一九九三年の九月、若いアメリカ人男性グレッグ・モーテンソンがK2登山に失敗して生死の境を彷徨《さまよ》っていたとき、パキスタン辺境の村人が彼を助けたの」

そのアメリカ人青年は、村に住むバルティ族の人々の素朴な人柄に惚《ほ》れ込み、感謝の意味も込めて村の子供のために学校を作る決意をして祖国に戻った。彼は金も地位も頼れる人脈ももっていなかったが、尋常ならぬ熱意で行動を起こし、数年後にパキスタンの小さな村に学校を作り、その後も、周辺の村々に学校を作るために精力的に活動を続けた。

「詳しいことは『スリー・カップス・オブ・ティー』という本を読むとわかるわ。その中で、一刻も早く学校を作りたいと焦って計画を進めようとする彼に、バルティ族の長、ハジ・アリがじっくりと諭すシーンがあるの」

――バルティ族の人間と初めてお茶を飲むとき、あなたはよそ者だ。二杯目、あなたは名誉ある客人となる。三杯目のお茶をわかちあう。あなたは家族同然になる。我々は家族のためには命さえも投げ出す覚悟がある。三杯目のお茶をわかちあうまで、じっくり時間をかけることだ

真希はその言葉を嚙《か》み締めた。

「三杯のお茶……ですか」

アメリカ人青年は、なんでも自国式にことを急いた自分を恥じ、それから先は村人たちの意見やペースを尊重して進めていった。

「バルティ族の長老は、時間をかけて相手と知り合う大切さを〝三杯のお茶〟という言葉で伝えたのね」

魔女は宇津木を見やった。

「最初に会ったとき、宇津木さんの心のうちになにかあると感じたの」

だが、ろくに話もせずに別れた。二日目もカフェに行ってみると、また会えた。

「三回目は、偶然ではなく必然。だから思いきって、お誘いしてお茶会を開くことを決心したの」

思いきって、か。

「まったくおせっかいだった」

宇津木がむすっと言うと、彼女は少し遠い目をしてから微笑んだ。

「言葉にしなければ前に進めないと、宇津木さんが思わせてくれたのよ」

「それは、あなたが……」宇津木は言葉を切る。「いや、わたしが話すことではない」

真希は、穏やかな笑みを浮かべる魔女を見つめた。

先ほどから感じていた違和感。そうだよね。間違いないよね。

「あのう、先ほど宇津木さんが電話で話していたのはユンさんでしたが、今ここにいらっしゃるのは」恐る恐る続ける。「スーさん、ですよね？」

しばしの沈黙ののち、魔女はうなずいた。

「ようやく私たちを見分けられるようになったのね」

真希は安堵《あんど》した。

また間違えたら地面に穴を掘って隠れなければならないところだ。でも

「実は、玄関でお会いしたときはどちらかわかりませんでした。でもこうしてお話しこうしてお話ししているうちに、スーさんに違いないと」

スーとユン。二人の違いが少しずつわかってきた。目の前の女性は穏やかな雰囲気で言葉尻《ことばじり》も柔らかい。ユンさんは快活な雰囲気で、はきはきした口調でしゃべり、たまに英語が交じる。

スーは真希をじっと見つめて言った。

「宇津木さんが言い淀《よど》んだのはね、私も二十八年前にパートナーを突然亡くした、ということなの」

真希は息を飲んだ。

スーは木々を見上げた。

「結婚をする直前だったの。二人とも四十代だし、式はあげず、小さなお披露目会だけすることにして」彼女は屋敷に目をやる。「親戚《しんせき》がこの家に集まったの。その時、彼、正門のすぐ前の道で車に轢《ひ》かれて……」

真希は淡々と話すスーを見つめた。

……ひょっとして、あの立派な薬医門が開かないのは……。

宇津木は言った。

「初めて招待してくれたお茶会のときに、あなたは言いましたね」

――失ったものが大きいと、その事実をすぐには受け止められないものですよね
宇津木がぼそりと言う。

「パートナーを失うということが自分にこんなに打撃を与えるとは思ってもみなかった。わたしはあのころスーさんユンさんと出会って、大いに救われた」

真希は、宇津木とスーを交互に見た。

この魔女のお茶会では、かけるべき言葉を見つけられないことが多い。自分とは一見無縁な人々との一期一会。三十八年生きてきただけの真希が、より経験豊富な彼らになにを言えるのか。

魔女は、小さな庭園を見回しながら言った。

「このあたり、以前は周囲と同じように草ぼうぼうの荒れ地だったのよ」

宇津木は少し照れ臭そうに言う。

「たまたま、家内の引き出しから本を見つけてね」

『園芸を始めよう』『初心者でも育てられる草花たち』『小さな庭を』

宇津木の家には庭と呼べるスペースはほとんどなく、申し訳程度の低木が数本生えているだけだったが、ベランダにはプランターが置かれ、小さな植物が並んでいた。

「家内は庭に憧《あこが》れていたようだ。わたしが定年退職して時間ができたら、あちこちの

庭園美術館を一緒に巡り、家にも小さな庭を造りたかったのかもしれない。だが、わたしが仕事を続けたので言い出せなかったようだ。

宇津木は園芸を始めてみようと思い立ち、プランターにキンセンカの種をまいた。

「芽が出たのはいいが、二センチほど伸びただけで枯れてしまった。草花なんぞ植えておけば育つと思っていたが、意外と奥深いものでね」

その話を聞いた魔女たちが、土が合っていないからではないかと言った。

「それで、試しにうちの庭で実験されてはどうですか、って提案してみたの。大昔は見渡す限り立派な庭だったのだけれど、手入れができなくて放ったらかしで」スーは首を巡らす。「だから、こんなステキにしてもらって助かったのよ」

「しかし、思いどおりにはまったく進まない。そこかしこに色とりどりの花が咲き誇るイングリッシュガーデンを目指しているのだが」

「宇津木さんは凝り性で完璧《かんぺき》主義なのでしょう。自然と向き合うときはもっと気楽に、どっちに転んでもいいというゆとりを持ったほうがよいわ」

宇津木は口を尖《とが》らせた。

「この年になると、そう簡単に性格を変えることはできない」

「いくつになっても変わることはできるはずだと、私は思います」

宇津木は不満げに鼻を鳴らす。

「いつもその体《てい》でスーさんたちにうまく操られている気がする」

スーは柔らかく微笑んだ。

「なにしろ、魔女ですから」

美味《おい》しいお茶とお菓子でくつろぎ、ついつい悩みを打ち明けると、誰かがアドバイスをくれる。その言葉は案外と素直に心に染みこむ。

それが、魔女のお茶会。大変効力のある魔法だ。

若宮萌の言葉をふと思い出した。

――〝男〟が〝女〟が、ってことではなくて、今回は〝私〟が譲歩することに決めました
彼女が決めたのは人生の大きな変化だった。そしてそれを、まだ部長にも告げていないのに私に話してくれた。

ライバル視している私に己の覚悟を明言することで、自分の気持ちを確認したのだろうか。アドバイスや後押しがほしかったのか。あるいは引き止められるのを期待していた……？

全力で萌を慰留すればよかった。張り合っているのは向こうだけだと決めつけていたが、彼女をよきライバルとして必要としていたのは自分のほうだ。

大事なことは往々にして過ぎてから気がつく……

「来月はコスモスを植えますの？　だったら園芸店に注文しておきますけれど」

「そうだな」宇津木はもったいぶって考えるふりをする。「ジギタリスも追加でどうだろう」

宇津木さんの奥さんは、こんな会話を旦那《だんな》さんとしたかったのかもしれない。二人で美しい庭園のある美術館を巡ったり、一緒にケーキを食べたり、自宅のベランダで花を育てたりしたかったのかもしれない。それを果たせぬまま彼女は逝《い》ってしまった。宇津木さんは魔女と出会ったことで、今、奥さんの想いを叶《かな》えてあげているのだ。

長年連れ添った妻を突然喪《うしな》った宇津木。

伴侶《はんりょ》になるはずの人を事故で亡くしたスー。

二人が乗り越えてきた……いや、ひょっとすると今も乗り越えようとしている哀しみの岩は、いったいどれほどの大きさなのだろう。

……私は？

瞬一は大切なパートナーだった。私がもっとちゃんと向き合っていれば、こんな結末にはならなかったのかもしれない。

つ、と涙が頬を伝った。

二人はゆっくりとこちらを見る。

「すみません。なんだか泣けてきて……」

涙があとからあとからこぼれ出た。魔女が差し出した紙ナプキンで目を覆う。

宇津木の声が静かに響いた。

「庭園美術館で見かけたとき、あなたはひどい顔をしていた。まるで、半年前にカフェの窓に映った自分のようだった」

だから、声をかけてくれたのか。

宇津木さんと会ったのは今日で三回目。スリー・カップス・オブ・ティー。家族のように、と言うのは大げさかもしれないが、私を心配してここへ誘ってくれたのだ。

知らず、言葉が出た。

「私、彼氏にふられました」

真希は無理やり笑顔を作ったが、すぐに歪《ゆが》んでしまった。

「五年、付き合いました。互いに仕事を大事にして、結婚という形で束縛されずにいようって、彼も納得していると勘違いしていた。本当は付き合いはじめたころに、彼が結婚や子供を望み、将来は地元に帰りたいと話していたのに、私はそれを無視したんです。私の意見に彼が合わせてくれていたことに、ずっと甘えてた」

魔女は素知らぬそぶりで宇津木のカップに紅茶のお代わりを注いだ。宇津木はそれにミルクをたっぷりと入れる。

「故郷で結婚して子供をもうけたいから別れる、と言われました」涙が次々と頬を伝う。「彼は、そうできる相手をすでに見つけていたんです」

「二股《ふたまた》か。ひどいやつだな」

そうよ、最低なやつよ。

「あんな男と、そろそろ結婚してもいいかと思ってしまった自分も情けなくて」

しゃくりあげたのち、真希は続けた。

「だけど……」

自分にも非がある。それは気づいていた。

「私、去年の十二月に大きな仕事が舞い込んで、それにかかりきりだったんです。だから彼を見ていなかった。業績を上げられずに焦っていて、その案件をなんとしても成功させなければと」

言葉が溢《あふ》れてくる。

「でも、だまされたんです。見事に」

二人は口を挟まない。

「相手は地面師……詐欺師だったんです。それも、ちょっといい男だったんですよ。自分では心の中で否定していましたが、でも、正直なところ、あの詐欺師に甘い言葉をささやかれ、いい気になっていた」

——前屋敷さんは実に優秀ですね。それだけでなく、女性としても素晴らしい。契約が無事終わったら、一度ぜひお食事でも……

魔女は真希のカップにミルクと紅茶を注ぐと、勝手にスプーンでくるくる混ぜた。

真希はそれをごくりと飲みこむ。

「バカみたい。百戦錬磨の営業員を自負していたのに、詐欺の常套句《じょうとうく》にまんまとだまされて会社に一千万もの損害を与えてしまい、閑職に追いやられた。そして、そのことを瞬一に打ち明けられず、なんとなく彼を避けているうちに……」

言葉を切ると、セミの大音量が身体中に染みてきた。

「自業自得ですよね」

己の虚像に酔っていたから、詐欺師につけ込まれて利用された。

年下の彼氏にいい恰好《かっこう》をしたかったから、弱さを見せられなかった。

私は自分のことばかり考えていた。最低だ。

ようやく涙がとまり、真希は目をこすりながら笑った。

「私って、なにもかもダメダメな人間ですね」

熱い風が、ゆらりと枝葉を揺らした。

「そうでもない」

宇津木が立ち上がりながら言った。

「パートナーには相性がある。ミルクティーにとってスコーンは最強のパートナーだが、中にはさほど合わないお茶菓子もある。だからといって紅茶が悪いわけでも、そのスイーツが悪いわけでもない」

宇津木は軍手を嵌《は》めなおすと、緑の中の薄い青空を見上げてつぶやいた。

「その男は、たまたまあなたの運命の石《スコーン》じゃなかっただけだ」

真希は、大人になって初めて大きな声を出して泣いていた。

紙ナプキンで拭《ふ》いても拭いてもあとから涙が湧き出した。背中に魔女の柔らかい手が当てられる。

宇津木は何事もなかったかのように麦わら帽子をかぶり、作業に戻っていった。

木々がざわざわと揺れ、セミの声は真希を包むように降り注ぐ。さきほどまであんなにけたたましいと思っていたのに、今は、優しい合唱に聞こえた。

感情の波がようやく静まり、真希は顔を上げた。

魔女はまぶしそうに空を見上げて言った。

「自分を全否定することはないわ。スコットランドの石のように、そのうちまた、ふさわしい場所に戻れるでしょう。そのためには時間が必要よ」

真希はうなずいた。

三杯目のお茶まで待つ。じっくりと。

人生と向き合うために、今は時間をかけるときなのかもしれない。

「あの、いろいろと」

「お礼とか謝罪とか、いらないですからね」

真希は苦笑した。こういうところがありがたい。

もう一人の魔女がひょっこり庭に現れた。

「ようやく仕事が一段落したわ」

汗だくのユンは大きなため息とともに椅子になだれ込んだ。真希のぐちゃぐちゃの泣き顔を見ても、素知らぬ顔をしている。魔女たちってほんと、さっぱりしていて好きだなあ。真希は努めて明るい声で言った。

「お疲れさまです、ユンさん」

「ちょっとお久しぶりね、前屋敷さん」

「ユン。前屋敷さんは私がスーだとわかったわよ」

ユンが楽しそうに言った。

「素晴らしい《エクセレント》。前回、人間観察がまだまだだと申し上げたけれど撤回するわ。こんなに早く見分けられるようになった人はめったにいないのよ」

宇津木はのしのし歩いてやってくるとペンを出した。

「わたしも七、八回会って、ようやくわかってきた」紙ナプキンにさらさらと書く。

「こちらがマツシタスミコさん。こっちがマツシタユミコさんだ」

『松下寿美子《すみこ》』

『松下優美子《ゆみこ》』

紙ナプキンをそれぞれ、本人の前に置いた。

なるほど。スミコとユミコか。

……あれ？

ユンがにんまりとした顔をする。

「子供のころはよく入れ替わりをやったわねえ」

「誰も気づかなかったわ」スーも微笑む。「小学校は必ずクラスが違ったから、算数や国語はユンに代ってもらったわね」

「美術や家庭科はスー担当で」

二人は同じ声で笑った。

宇津木が、庭石との格闘に戻るべく歩きながら言った。

「便利なことで」

「でも、一緒くたにされるのは嫌いだった」ユンがふんと鼻を鳴らす。「子供って残酷でしょ。『松下一号』『二号』なんてからかわれたときは、頭にきた」

「ユン、その子に摑《つか》みかかったこともあったわねえ。気が強かったから」

「スーだって、声をかけてきた隣のクラスの男子を冷たくふっちゃったことあったよね。その子、『失恋したせいで転校した』って噂が流れたほどだった」

真希は確かめねばならないことがあった。

「あの、つかぬことを伺いますが」紙ナプキンに文字を書く。「スミコさんはこの字では？」

『松下純子』

「違うわよ。私の名前は『寿美子』」とスー。

「そっちはジュンコと読むの」とユン。

「ジュンコさん？　……それは、いったい」

声が揃った。

「母よ」

「では、登記簿謄本のマツシタスミコ、いやマツシタジュンコさんは、つまりこの土地家屋の所有者は、お二人のお母さまですか！」

双子は同じ角度でうなずく。

真希は、若槻萌が魔女について仕入れてきた話を思い出していた。

会社の元社員が二十年前にも黒い服の女性を見たと。

「お母さまは、お二人に似ていますか？」

「顔はよく見れば違うけれど、全体の雰囲気は似ているわ。昔の人にしては大柄だから、後ろ姿なんかそっくりかも。それに、黒い服を着だしたのは母だしね」

スーが答えると、ユンがケラケラと笑った。

「スーの裁縫好きは母譲りなんだけど、二十年くらい前に母がスーのために海外から生地を買いつけたときに単位を間違えて、いろんな種類の黒い生地を大量に買っちゃったの。もう、あきれるほどの量が届いて、スーがさすがに怒りまくったのよ」

「子供向けグッズが黒一色ではさすがにねぇ。母は意地になって、全部使ってやるって言いだして次から次へと服を作ったので、今やクローゼットは黒い服だらけ」

「だけど、母が心地よさそうに着ているのを見て、私たちもつい着るようになって、いつからか他の色を選ぶのが面倒になっちゃったのよ」

年を取らないように見えたのは、お母さんとスー、ユンがよく似ていたから。見分けがつきにくいのは三人とも黒い服を着ていたから……

真希は大きくため息をついた。

「私は最初、登記簿謄本の名前が『松下純子』なので、スーさんが『純子』さんかと。では、名義の書き換えをしていなかったんですね。失礼ながら、いつお亡くなりに？」

登記簿謄本は、うっかり名義を変更することを忘れてしまいがちで、相続税の支払いなど必要にかられてようやく書き換えることもある。

「お亡くなりになっていないわよ」

ユンが快活に言う。

「は？」

「母は施設で元気にしているの」スーは肩をすくめた。「足が弱くなってあまり歩けないから〝元気〟と言っていいのかわからないけれど、頭はしっかりしているわ。うちは古い建物であちこちに段差があるし、寝室も二階だから不自由が多かったので、一年ほど前にね」

なんという不覚。

真希は背もたれにがっくりと寄りかかる。屋敷に入り込むのに成功してすっかり舞い上がり、所有者について詳細に調べることを怠っていた。

「お母さまはおいくつなんですか」

「九十一歳よ」

真希は恐る恐る仕事モードを起動させた。

「大変失礼ですが、相続対策はなさっていらっしゃいますか」

スーが静かに言った。

「この土地家屋以外には財産はほとんどないから、対策もなにもないわ」

「お母さまに万が一のことがあったら、この土地家屋こそ高額の相続税がかかりますよね」

「私たちが学生のころに祖母が亡くなったのだけど、一人娘だった母は相続で相当苦労したわ。祖母の遺言で『この家を絶対に守るように』と厳命されていたので、ほかのものをいろいろ手放して、この建物を守ったの」とスー。

「母は今もお祖母《ばあ》さまとの約束のためにここを所有しているけれど、私たちの代になったら……まあ、どうするかな」とユン。

真希は頭の中に浮かんだ言葉を口にできなかった。

──その際には弊社に売却してくださいますか

人の死を望んでいるみたいに聞こえる。それに、もしミノベ不動産がここを購入したら建物は間違いなく解体されるだろう。美しい応接間も麗しい温室も愛らしいスーの部屋も、この庭さえ無くなってしまう……

いや、何を考えているのだ。営業員として生き残れるかは、ここを手に入れられるかどうかにかかっているのに。

「一度、お母さまとお話しさせていただけないでしょうか」

「無駄よ」ユンが小さく肩をすくめた。「あんなに頑固な人、見たことないもの」

誰かの携帯電話が鳴った。ユンがポケットから取り出して、顔をしかめる。

「噂をしちゃったから、お母さんからかかってきちゃったわよ」

スーも嫌そうな顔をする。

「なにかしら。電話嫌いのくせに」

ユンはスーに携帯を渡そうとする。

「ユンにかかってきたんでしょ。あなたが出て」

「いやここは久々にスーが。なにしろ話が長いし、スーのほうが聞き上手だし」

携帯を押しつけあう双子。音はしつこく鳴り続け、仕方なさそうにユンが出る。

真希にも漏れ聞こえるような甲高い声が響いた。ユンは携帯を耳から少し遠ざけつつ眉根《まゆね》を寄せる。

「……えっ？《ファット》」その顔に驚愕《きょうがく》の表情が浮かぶ。「決めた？　なんで」

電話の声はなにやら元気にまくしたてている。スーが心配そうに声をかけた。

「どうしたの？」

宇津木も訝《いぶか》しげにこちらを注視している。ユンは全員を見回し、思い切り間合いを取ったのち、厳かに言った。

「お母さんが、ここを売るって決めたって」

「ええっ」真希は思わず立ち上がった。「本当ですか。では、ぜひ弊社に」

「それが」ユンは口をへの字にした。「もう、新宿の不動産屋に売るって書類に判を押しちゃったんだって」

第五章　森のピクニックティー

Come, let us have some tea and continue to talk about happy things.
さあ、お茶とともに幸せなことを話し続けよう　（ハイム・ポトク）

「初めまして。サム・エステートの鹿取《かとり》と申します。新宿からまいりました」

ソファに浅く腰かけたその男は、営業マンにしてはやや長すぎる髪と明るいブルーのストライプのスーツのせいで、ドラマに出てくる三枚目のホスト役みたいに見えた。三十歳前後。面長の顔に不自然なほどの笑顔を貼りつかせている。

仏頂面のユンは受け取った名刺をソファセットのローテーブルに置いた。スーに至っては受け取りもしない。

いざとなるとスーのほうがユンより頑固なのかもしれないと思いつつ、真希はアーチ形の出入口の陰からこっそり様子を窺《うかが》う。

庭での涙のお茶会の数日後、スーから連絡があり、不動産屋が訪ねてくるので同席してくれないかと言われた。頼られて嬉《うれ》しくなり即座に引き受けたが、ひとまずこちらの存在に気づかれぬよう隠れて見守ることにしたのだ。

件《くだん》の営業員は甲高い声をドローイングルームに響かせる。

「お母さまとはビューティフルライフ南麻布で知り合いましてね」

施設に入所している顧客とフリースペースで打ち合わせしていたときに、たまたま松下純子さんと知り合ったという。「たまたま？」と真希はつぶやいた。なんらかの方法でこの土地のことを知り、作為的にお近づきになったに違いない。姑息《こそく》だな。

「私が不動産会社に勤めていると申し上げますと、ぜひともご所有の土地をご売却されたいとのことで」

双子は相槌《あいづち》も打たない。鹿取は小さく肩をすくめ、明るく続けた。

「つきましてはさっそく確定測量図を作成させていただきたく、こうしてお邪魔した次第です。ご都合の悪い日時をお知らせいただければ、そこを避けて測量士に来てもらいます。契約は来月。引き渡しは、そうですね……」彼は室内を見回した。「相応の時間は取らせていただきます。いやしかし、ご立派なお屋敷ですねえ。木造住宅ですから取り壊しにはさほど時間を要さないと思いますが、家具の処分などはお困りでしょう。古物商の業者をご紹介しましょうか。転居先の物件のご紹介ももちろんさせていただきますよ」

鹿取は調子よくひとしきり話したのち、帰っていった。

真希が応接間に入ると、二人は揃って憤慨していた。

「なんであんな男をお母さんは気に入ったのかしら」怒りモードが強いほうがユンだ。

「しゅっとした顔が好みだからよ」激しつつも冷静に状況を分析するのはスー。「お父さんも、地味だけど細面だったじゃない」

ユンが拳《こぶし》を握る。

「こんなやり方、勝手すぎる。お母さんに抗議しようか」

スーはテーブル上の紙を指した。

「でも、これにハンコを突いちゃったならもう決まりなんじゃない？　あの男の会社に売らないといけないのよね」

二人は『松下純子』の署名捺印《なついん》された書類のコピーを恨めしげに見つめた。

「いいえ大丈夫です」真希は紙片を手に取る。「これは媒介契約書ですから」

「バイカイ？」

「鹿取氏がお母さまにサインさせた書類は『専属専任媒介契約書』。株式会社サム・エステートがこの土地家屋の売買を専属専任で仲介する、という約束を交わしたもので、彼の会社がここを買うわけではないんです」

「じゃあ、前屋敷さんの会社に売ることもできるってこと?」

「だったら、まだそのほうがいいわよ」

真希は思わず微笑んだ。

「ありがたいお言葉ですが、お母さまが売り主、弊社ミノベ不動産が買い主となった場合、仲介手数料として売買価格の三パーセントほどをそれぞれサム・エステートに支払うことになります。お母さまと弊社が直接契約するのであれば、売り主と買い主が直《じか》に行う契約なので手数料は発生しないのですが」

「前屋敷さんの会社に売るとしても、あの気にくわない男が関わるってことね」

ユンがふんと鼻を鳴らし、スーはふうっとため息を漏らした。

「母がここを売ると言いだすなんて、本当に驚きだわ」

真希は聞いた。

「お母さまが売らないとおっしゃっていたのは、お祖母《ばあ》さまの遺言のためでしたね」

ユンは顔をしかめてうなずいた。

「お祖母さまは、プライドが高くて高飛車な人だった」

松下家は宮家の遠縁にあたり由緒ある家柄だったが、明治大正期で凋落《ちょうらく》し、祖母が嫁いできたころはかろうじて体面を保っている状態だったという。

スーがかぶりを振って言った。

「貧乏貴族のなれの果てって感じね。祖母は躍起になってこの家を守ったけれど、一人娘の母はなかなかのお転婆で、父との結婚を反対されて駆け落ちしちゃったの」

「お母さま、大胆ですね」

戦時中、若き純子は松下家に出入りしていた見習い家具職人と恋に落ちた。

「父は生まれつき左足が悪かったので兵役にいかずにすんだの。でも祖母にしてみれば、兵士にもなれない男と大事な一人娘を添わせるなんて許せなかったのね」

祖母の猛反対に、純子はあっさり家を出て二人で目黒の借家に移った。

「祖母は怒り心頭だったけれど、二年後に私たちが生まれたことで徐々に気持ちが変わっていったそうよ」

その後、加齢とともに気弱になった祖母が強く望んだので、純子一家はこの屋敷に引っ越してきた。双子が十歳のころだ。

ユンは思い起こすように応接間を眺めた。

「お祖母さまはこの家に並々ならぬ執着があった。子供心によく覚えているわ。この応接間もそれは大事にしていて、子供はめったに入れてもらえなかった。でも一度、お祖母さまがお友だちを招いてイギリス式のお茶会を開催したときに入ったことがあるわ。母が作ったお揃いの洋服を着てお客様に挨拶《あいさつ》したのよ」

愛らしい双子に、招待客たちは歓声をあげたことだろう。

「私もよく覚えているわ」スーが目を細めて言った。「一家で移り住むかなり前の、幼稚園の年長くらいだったわね。こんなステキな世界があるんだなあとうっとり。初めてこのソファに座り、紅茶を飲んでクッキーをつまむことを許されたのよね」

「その時の写真がどこかにあったと思うけど、どうしたっけ」

「アルバムの中かしら」スーは続けた。「祖母のお茶会はあれきりだったわね。その後は体調を崩すことが多くなって、長く闘病していたから」

「お祖母さまが亡くなったのは私たちが二十歳のころよ。一人娘の母がここを相続したのだけれど莫大《ばくだい》な相続税が発生して、持っていた土地を半分くらい売却しなきゃいけなかった」

ユンの言葉に、真希はのけぞった。

「今よりもさらに広い敷地だったんですか」

「白金台七丁目のほぼ全域だったらしいわ」

真希は一拍置いてから、恐る恐る切り出した。

「前回もお伺いしましたが、お母さまに万一のことがあった場合の相続対策はされていらしたんですか」

「父は腕のいい家具職人で、ありがたいことにけっこう稼いでくれた」ユンが答える。

「だから母はいい施設に入れたし、相続税もなんとか払えると思ってたけど」

「これからは売却したあとのことも考えないといけないのね」スーがまたため息をもらす。「お母さん、なんでこんな急に」

ユンはふんと鼻を鳴らす。

「さっきのチャラ男にうまく言いくるめられたに違いない。頭はしっかりしていると思っていたけれど、さすがにこのごろ少し弱気になっていたし」

スーは顔を上げる。

「弱気？　ユン、そんなこと言ってなかったじゃないの」

「言ったらスーが心配するでしょ」

「だけど、お母さんのことは一緒に考えようって決めてたじゃない」

「もう少し様子を見て、必要なら相談するつもりだったのよ」

「本当に？」

姉は思い詰めた表情で妹を睨《にら》んでいる。そんな様子は珍しく、真希は戸惑った。

スーは低い声で挑むように言った。

「実は、ユンがお母さんに売却を進言したんじゃない？　この屋敷を早く手放したいと思っているから」

「そんなこと」ユンは一瞬怯《ひる》んだのち、強く返す。「まあ、売れたらせいせいするかも。イギリスの友達から『ロンドンで仕事を手伝って』って前から言われているし」

「かまわず行けばいいわよ。屋敷の管理はもともと私がしているんだから」

姉の言葉はとげとげしい。妹も負けずに言い返した。

「スーが『最近は腰が痛くて掃除も厄介だ』って愚痴るから手伝っているんでしょ」

雲行きが怪しい。真希は慌てて間に入ろうとした。

「それでですね、専属専任媒介契約というのは……」

「ユンが口で言うほど、掃除してくれてるわけでもないじゃない」

「悪かったわね。スーの商品の発送に時間を取られているせいよ」

二人はまったく同じ表情でにらみ合う。

「今は蒼梧くんのおかげでユンの手間は少ないはずよ。勝手なこと言わないで」

「じゃあ、もう手伝わない。スーこそ勝手じゃないの。いつもそっちの都合でお茶会を開くって言いだすから、材料の買い出しなんかに大慌てよ」

「あのう」真希は必死に割り込もうとする。「私の話を聞いていただければ……」

「それなら、もうお茶会も開かないから！」

スーは立ち上がり、大股《おおまた》で部屋を出ていった。真希が追いすがろうとすると、ユンも勢いよく立ち上がった。

「あったまきた！　帰る！」

「ど、どこへ？」

「マンションに」

ユンはここに住んでいるのではないのか。彼女は行きかけて振り返った。

「いろいろありがとう。あなたもここに来る理由がなくなったわね」

真希の顔はこわばった。

「……それは」

「さっきは抗議するなんて言ってみたけど、母は一度言いだしたら私たちのことなんか聞かないの。あのニヤケ男がここを売って、それでおしまい」ユンはふいっと向こうを向いた。「スーがあんなに怒っているのは、母に対してだと思う。ここを一番懸命に守ってきたのは彼女だから」

真希は、恐る恐る尋ねた。

「こんなとき、なんですが……お茶会は」

「もうおしまいね」

ユンは重い足取りで出ていった。

スーの部屋のドアを控えめにノックする。

「ユンさんは帰りました」

しばらくして、ドアが細く開いた。しょんぼりした顔が半分見える。

「巻き込んでごめんなさい。たまにやる姉妹《きょうだい》ゲンカだから、気にしないで」

そういうわけにもいかないが、ひとまずうなずく。

「巻き込みついでで悪いのだけれど、宇津木さんが庭で作業しているの。かれこれ二時間経つから、声をかけてアイスティーを出してあげてくれるかしら。キッチンの冷蔵庫にあるわ。グラスとか勝手に使ってね」

慌てて庭へ行くと、八月初旬の炎天下に、宇津木がぐったりと座っていた。

「終わったか」彼はほっとしたように顔を上げる。「休憩しようと応接間へ行ったらただならぬ雰囲気だったので、庭に逃げていた」

「二人ともけんか別れして、スーさんは部屋に籠《こも》り、ユンさんは帰ってしまいました」

「やれやれ」メガネを外し、手ぬぐいで顔を拭《ぬぐ》う。「どこもかしこも、アツイな」

丸みを帯びたレトロな形の白い大型冷蔵庫の中には、輝く紅色の液体を湛《たた》えた摺《す》りガラスの大きなピッチャーが鎮座していた。

「まずは一杯」

宇津木の要望に、真希は食器棚から大ぶりのどっしりしたグラスを取り出して紅茶を注ぐ。ほんのりとフルーティな香りが沸き立った。

彼は立ったまま飲み干した。

真希は端にあったスツール二脚を引っ張り出し、アイランドキッチンのカウンターの前に置いた。宇津木はワゴンの上から小ぶりのクッキー缶を持ち出す。

「キッチンでのお茶会と洒落《しゃれ》こもう」

およそ洒落っ気のない口調で宇津木が言った。

真希は冷凍庫にあった大きな氷を二つのグラスにたっぷり放り込み、アイスティーをなみなみと注いだ。グラスが汗をかき、見目だけでも美味《おい》しそうだ。

ボーンチャイナの白い皿に、クッキー缶の中身をぶちまける。

芋けんぴだった。

「私、これ大好きなんですよね」

「わたしもどちらかというと、洋菓子よりはこちらが落ち着く」

二人は次々と芋けんぴに手を出す。

「新宿の不動産屋はいつごろここを買うのかね」

「正しくはその業者が売買仲介をします。契約締結は来月を予定しているようです。引き渡しはしばらく先かと思いますが」

「あなたの会社がここを買う手段はないのか」

価格で競り合えば可能性がないわけではない。しかし、交渉の手綱をあのチャラ男に握られていてはミノベ不動産に有利な取引にするのは難しくなる。真希としては、腸《はらわた》が煮えくり返るほど悔しかった。

そして桜坂部長は、他の仲介業者にあっさり取られたと聞いたら真希の不手際をガンガン責めてくるだろう。

「これで私のキャリアは終わりかもしれません」真希は肩を落とした。「彼氏にもふられて、人生、どん詰まりって感じです」

宇津木は黙ってピッチャーを取り上げ、真希のグラスにアイスティーを注いでくれた。だだっ広いキッチンに、芋けんぴをポリポリ食べる音が静かに響く。

真希が、ぽつりと聞いた。

「あの二人、実は仲が悪いのでしょうか。双子なのに」

「きょうだいだから仲がいいとは限らん。わたしは六人兄弟の末っ子で、兄は二人いる。上の兄とはよく連絡を取るが、下の兄とはまったく疎遠だ」

「そういうものですか」真希は、さらに肩を落とす。「スーさんが、お茶会も『おしまい』とおっしゃっていました」

宇津木は黙って、三杯目のお茶を自分でグラスに注いだ。

真希はわかっていた。案件を逃したショックも大きいが、アフタヌーンティーが突然終わってしまった衝撃が、自分をさらに打ちのめしているのだと。

「この屋敷でのお茶会はもうできなくなりますけど、どこか別のところで開催するってことはないんでしょうか」

彼は真希をじっと見つめてから言った。

「気づいていましたか。あの二人は一緒にお茶を飲まないんですよ」

「まさか。だってつい先日も……」

思い起こしてみる。お茶会に呼ばれたのは計四回。そういえば二人並んでいることはあったけれど、揃ってお茶を飲んでいる姿は……

宇津木は淡々と告げた。

「わたしに紅茶を淹《い》れてくれた魔女は自分も飲みだすのだが、あとから来た魔女にはお茶を淹れないし、来たほうも自分で淹れない」

二人でお茶を飲まない。

「なにか理由があるんでしょうか」

宇津木はアイスティーをごくりと飲み干し、つぶやいた。

「さすがのわたしも聞けないでいる」

真希は思わず応《こた》えた。

「さすがの宇津木さんも、ですか」

「繰り返さんでよろしい」

スーとユンにはお茶に関する確執があるのかもしれない。

「お茶会は、昔から頻繁に開催されていたのでしょうか。双子が小さいころはお祖母さまが主催していらしたようですが」

「わたしが初めてお茶会に呼ばれたとき、スーさんが『久しぶりなので戸惑う』と言っていたから、長い間開かれていなかったようだな」

「実は」真希は思い出しながら言った。「スーさんの言葉に、少しだけ引っかかったことがあります」

――三回目は、偶然ではなく必然。だから思い切って、お誘いしてお茶会を開くことを決心したの

「あれは、宇津木さんを〝思いきって誘う〟のではなく〝思いきってお茶会を開くことを決心した〟という意味だったのではないでしょうか」

「お茶会を開くのに決意が必要、か」

「そして」真希はつぶやいた。「そのお茶会はおしまいに」

「わたしの」宇津木もぼそりと言う。「ここでの園芸も終了だな」

二人は顔を見合わせ、互いにため息をこらえた。

気をそらすように、宇津木が古タオルの塊を床から持ち上げた。

「そういえば、また庭で見つけたのだが」

乳白色の陶磁器が現れる。小ぶりの湯飲み茶碗《ちゃわん》のような形で、表面に凝った文様が施されていた。

「きれいな形ですね」

「かなり深いところから出てきたのだ」

タオルで丁寧に拭《ふ》いて芋けんぴの皿の隣に置いてみる。今すぐにでも使えそうだ。

「紅茶も、こんなカップで飲んでもいいですね」

「そうだな。英国式のアフタヌーンティーのマナーにこだわる必要はない」

宇津木は芋けんぴをつまむと、それをじっと見つめながら言った。

「前屋敷さんの人生はまだまだ長い。これからは新たな器となってお茶を淹れ、芋けんぴのような新しいパートナーを探せばいい」

うっかり落涙しそうになる。

「そのとおりですね」ごまかすために携帯を取り出した。「この器と芋けんぴ、記念に写真に撮っておこう」

角度を変えて何枚か撮影した。

新たな器で、新しいパートナー、か。

一晩悩んだあげく、早朝、瞬一に『いろいろありがとう。楽しかった。元気でね。

返信不要です』とメッセージを送った。決意表明の意味を込めて、白い陶磁器と芋けんぴの写真を添える。彼には画像の意味がわからないだろうが、許してもらおう。別れを切り出されたときにろくな対応ができなかったので、これで踏ん切りをつけるつもりだった。

しかし、送ってしまってから悶々《もんもん》と考える。

未練がましいと疎まれただろうか。それとも案外あっさりしていると思われたか。たまたまこのメッセージを彼女が見てしまい、ケンカになったりして……。

ぜんぜん踏ん切れていない自分が情けない。

宇津木は粋《いき》なことを言ってくれたが、新たな器に生まれ変わるのは容易ではないし、理想のパートナーが即座に見つかることもない。

現実はどこまでもシビアだ。

出社すると、さらなる現実が待っていた。

「……取られた？　シロガネダイのあの土地を、サム・エステートに？」

部長の声が裏返ったので、真希は自棄《やけ》になって言い返す。

「シロカネダイです、部長」

「新興の賃貸屋なんぞに、専属専任をもっていかれたのか」

「サム・エステートは新宿ではツノハズ・ホームに次いで勢いのある会社で、今は売買にも力を入れています」部長が大げさに鼻を鳴らしたが、真希は平静を装って続ける。「ひとまず、売り物件にはなったわけですから」

「サムの仲介で買えと？　天下のミノベ不動産が？」

案の定の反応に、「私だって悔しいのよ」とは言わず冷静に返す。

「上手《うま》く食い込めば、かえって話が早いかもしれません。幸い上層部はこの案件を知りませんよね。我が社がずっとマークしていて横取りされたとなると部長の立場もないですが、つい最近情報を得て動いたことにすれば、むしろ上は喜ぶのでは」

「うむ。いや……待て」

歯切れが悪い。

自分の功績にするために、上に最初からそれとなく話していたのではなかろうか。成功すれば己の功績。失敗すれば前屋敷真希のせい。部長ならやりかねない。

彼は面白くなさそうに顔をしかめた。

「少し、考える」真希を睨《にら》む。「いずれにせよ、君はまた失敗したわけだ」

デスクに戻り、一向に減らない古いファイルの山を見つめてため息をついた。

もう、辞めちゃおうかなあ。

貯金はあまりない。それなりに稼いできたが、その分無頓着《むとんちゃく》に散財してきてしまった。まあ当面は生きていけるだろう。紅茶の知識だけは増えたから、喫茶店でバイトでもするか……

携帯が震える。

何気なく覗《のぞ》き込み、身体が固まった。瞬一からのメールだ。返信不要って書いたのに、こういうところが律儀だから困るのよ。

周囲には誰もいないが、一人で見たくてトイレに駆け込み恐る恐る開く。

「……は？」

たった二行。そして、内容は思いがけないものだった。

「だから、なんなのよ」

しかし、ぼんやりしたものが頭の中に浮かんだ。

考えろ。考えろ。なにかとなにかが繫《つな》がりそうだ。こういうときに思いつくのがセレンディピティってやつでは……

はっと閃《ひらめ》く。

トイレから飛び出すと、若槻萌に出くわした。

「真希さん、お腹痛いんですか？　顔色悪いですけど」

「若槻さん、白金台の歴史とか詳しい人を知らないかしら」

真希が事情を説明すると、彼女はなんでもなさそうに答える。

「白金台四丁目に郷土資料館がありますから、そこで聞いたらどうでしょう」

「なるほど、ありがとう。行ってみる!」

真希は駆けだした。

「真希さ～ん、休館日確認した方がいいですよ～」萌が後ろから叫ぶ。「〝猪突《ちょとつ》猛進〟ぶり、復活ですかぁ～」

真希は笑いながら振り返った。

「その言葉、久しぶりに聞いたわ」

スーの家に何度かけても出てくれない。

為《な》せば成る。真希は一計を案じた。

六回目のコールでつながる。

『……もしもし』

息を整え、一気に話す。

「前屋敷です。スーさん、どうしてもお話ししたいことが」

大きなため息が聞こえてきた。

『ずるいわね、公衆電話からかけてくるなんて。てっきり、みのりちゃんかと』

「すみません。私からの電話は出てくださらないので」急いで続ける。「十分だけ時間をください。ひとまずサム・エステートの仲介を阻止する手があるんですが、スーさんのご協力が必要なんです」

返事はない。

「数ヶ月は時間を稼げるはずです。お母さまのおっしゃるとおりに売却するか別の手段を講じるかは、その後に決めればいいと思うんです。なにしろ急でしたし、私たちお茶会メンバーも、これでおしまいというのはあまりに寂しくて」

返事がないので電話が切れたかと思ったが、やがてあきらめ声が聞こえてきた。

「どうせ前屋敷さん、手を替え品を替えアタックしてくるんでしょ」

スーは自室に通してくれたものの、お茶もお菓子もなしだ。

真希は資料を見せ、十分ほどかけて〝時間稼ぎ〟の説明をした。

「これで、サム・エステートは少なくとも早急に契約をするのは控えるはずです。その間にいろいろ手を考えてはいかがでしょう」

魔女は椅子に浅く腰かけたまま言った。

「それをやったとしても、母は頑固だからその後のことを私たちに任せてくれないと思うわ。それに」小さく眉根《まゆね》を寄せる。「ユンがなんというか。彼女はこの家に執着がないの。というか、母や私がここに縛られていることが嫌なのだと思う。だから急な売却話には彼女も驚いていたけれど、今は賛成しているんじゃないかしら」

「あれ以来、ユンさんと話していないんですか」

スーは苦笑しながら真希を見た。

「私たち、たまにこういうふうになるのよ。家族って、そういうときない？」

「あります。母とは会うたび口ゲンカです」

どんなにののしりあっても、数日から数週間経つとなんでもなかったかのようにまた連絡を取り合う。家族で白黒はっきりさせてしまうと面倒だから。

母が倒れてからは真希が全面的に譲歩するので、言い争いもない。相変わらず愚痴ばかりこぼされてイライラするが、お茶で自分を癒《いや》すことを学んだせいか、気持ちの切り替えが早くなった。

真希は、気になっていたことを思いきって聞いてみる。

「スーさんは、お母さまと最近お会いになっていないのでしょうか」

魔女は口をへの字にした。

「それ、聞くのね」

沈黙ができた。

やはり立ち入りすぎただろうか。しかし、スーはささやくように答えた。

「私、ときどきここから出られなくなるのよ」

意外な答えで動揺する。てっきり母親との仲が悪いのだと思っていた。

「……それは、つまり」

「一種の引きこもり。この屋敷の外に行こうと考えるだけで具合が悪くなってしまうの。いつもは数ヶ月で回復するのだけれど、今回は二月ごろからだから、半年近くほとんど外出していないわ。月に一度、病院に出かけるだけ。みのりちゃんのお姉さんがいらしたときは、ちょうど病院の日だったの」

それであのときはユンしかいなかったのか。

「よくなってはいるのだけど、母のところに行くととても疲れてしまうので、今年はまだ訪れていないわ。こうなったのは……」

真希は少し身体を引いた。

「あの、お嫌なら、これ以上は」

「彼の事故死のせいなの」

真希の唇が震える。

「……すみません、私、余計なことを」

「いいのよ。前屋敷さんには聞いてほしいわ」

スーは壁の上方にある窓を見やった。真夏の陽射しがチラチラと見える。

「私ね、短大を卒業してからずっと幼稚園の先生をしていたの。仕事が楽しかったこともあって結婚の機会になかなか恵まれず、彼と出会ったのは、今の前屋敷さんくらいのころだったわ」

スーと同年代のその男性は、親が設立した保育園の後取りだった。

「素朴な人でねえ。笑顔が子供みたいにあどけなかった。付き合って一年後に結婚を決めたわ。歳も歳だし披露宴はしないって母に言ったら、せめてこの屋敷に親戚《しんせき》を集めて内輪のパーティをしようと提案されて、私がホステスを務める正式なお茶会を開くことになったのよ」

彼女は遠い過去を思い起こすように室内を見回す。

「その日、ユンは成田《なりた》空港からタクシーでここへ向かう途中に渋滞に巻き込まれて、私たちは彼女が来るまでお茶会を始めるのを待っていた。あと五分で到着、とユンから連絡があったとき、慣れない場所で緊張の頂点だった彼が『大事な義妹と初めて会うんだ。僕が迎えに出るよ』と、いそいそと表門に出たのよ」

スーの顔がふいに歪《ゆが》んだ。

「私が迎えに出ればよかった。なのに、照れくさくて」

「……照れくさい？」

スーは感情をこらえるように自分の腕を抱え込んだ。

「妹は二回結婚して二回離婚していたし、その後もたくさん恋人がいたみたい。私は、二十代にちょっとお付き合いをした人はいたけれど、ユンに男性を紹介するのは彼が初めてだったの。どんな顔したらいいのかわからなくて……だから、彼が自ら行くと言ってくれて、助かったって思っちゃったの」

言葉が途切れ、真希は待った。

やがて魔女は静かに続けた。

「彼は門の前でユンのタクシーを待っていた。そこへ、酔っ払いの若者が運転する車が猛スピードでやってきて……」

重苦しい沈黙のあと、スーは絞り出すように言った。

「犯人も即死だったの。だから、どこに怒りをもっていったらいいかわからなくて」

涙を落とす。「何百回も自分を責めた」

真希は椅子をずらして彼女に近づき、その背にそっと手をあてた。かける言葉が見つからず、ただ、震える背中をさすり続けた。

やがて、魔女は顔を上げて寂しく笑った。

「以来、私は表門を通ることができなくなったの」

「だから、開かずの扉になったんですか」

「ユンがつっかい棒を釘《くぎ》で打ちつけちゃったわ。そして敷地の反対側に出入口を作ったの。表門はそのうち建てつけも悪くなって、四年前の地震で歪んで本当に開かなくなってしまったのよ」

真希は小声で言った。

「この周辺のことはひととおり調べましたが、事故については知りませんでした」

「ほとんどニュースにならなかったの。犯人はどこかの大企業のお偉いさんの息子だったから、マスコミに手を回したのかも」

「そんな……」

「しばらくの間、私は精神的に不安定になってこの家に閉じこもっていた。母も体調を崩したわ。ユンは当時ロンドンで通訳の仕事をしていたのだけれど、日本に拠点を移してくれたの」

彼女は二回目の離婚のときに得た屋敷の近くのマンションに住み、そこを仕事場兼住居にした。

「ユンさんは、いつもここに住んでいるのではないんですね」

「私の調子がすごく悪くなるときだけ泊まっていくわ。仕事が忙しそうだし、マンションのほうがなにかと便利なようだから」

「この屋敷はどなたが建てられたんですか？」

「ひいおじいちゃんよ」

変わり者だった曽祖父《そうそふ》は、昭和初期に『日本にはない美しくて派手な屋敷を造る』と決意し、残り少ない財産をすべて建築に投入してしまったという。

蒼梧が借りた真っ赤なガウンを思い出す。あの持ち主なら、いかにもな感じだ。

「嫁いできた祖母は、建てられたばかりのその屋敷の魅力にとり憑《つ》かれて、なんとしても守らねばと思い込んだのね。その執念を母も受け継いでいる感じ。『魔女の屋敷』って言い方も、あながち間違っていないのかも」

スーは、事故後しばらくしてようやく立ち直ったが、幼稚園の先生を続けるのは断念した。気持ちに波があり、継続的に勤めに出るのは難しかった。

するとユンが、布で小物を作って売ったらどうかと提案してくれた。

母の裁縫の腕をスーも継承しており、小物作りは得意だった。そこで、試しに子供用のバッグなどを作ってユンの知人の店に置かせてもらったところ、好評を得た。

「自分のペースでできる仕事なので、続けることができているのね」

「素晴らしいです」真希は心の底から言った。「キャリアを変えるって大変なことですよね。それを、軽々と」

スーは寂しそうに微笑んだ。

「そんなに恰好《かっこう》いいものではないわ。母の生活は父が残してくれたものでなんとか賄えたけれど、自分の食い扶持《ぶち》は稼がないといけないでしょ」

魔女がふと視線を上げたので、真希も小部屋《クローゼット》を見回す。

大きな屋敷の中のこぢんまりとした愛らしい部屋で、愛らしい双子の女の子が楽しそうにお茶を飲む姿を想像した。

壁には金彩《きんだみ》の額に縁取られた庭の風景の水彩画が数点並んでいる。二つ並んだ小さな勉強机は、真希の部屋のと同じく子供時代からのものだろう。デスクマットに挟まれた押し花やカードの文字の褪《あ》せた色が、長い年月を物語っていた。

古びてはいるが、壁紙や天井、窓の桟や巾木《はばき》などに大きく傷んだ箇所はない。スーが丁寧に使い、ときおり修繕も施しているに違いない。

「実は主治医からは、ここを出たほうが精神的に安定すると以前からアドバイスされていたの。でも私はこのお屋敷が好き」スーは力をこめて言った。「母のためというのもあるけれど、子供のころからずっと過ごした場所ですし、私にはかけがえのない空間なの」

彼女は愛《め》でるように室内の家具たちを見つめた。

「母が施設に入ってからは、私がもっと頑張らなきゃと思ったわ。広いし古いし、メンテナンスは大変よ。ユンは細かいことは苦手だし、人手を雇う余裕もない。だから私が住み続けることがベストだと踏ん張ってきたのだけれど」弱気な表情になる。

「お母さんが売るって決めたってことは……そういう時期なのかも」

真希は思わず訴えた。

「サム・エステートの仲介では、この建物はなくなります。木々も伐採され、高級マンションが建つでしょう。それでも後悔はないのでしょうか」

スーは苦笑した。

「そもそも前屋敷さんこそ、ここをそういうふうにするために来たんでしょ」

「そう、なんですが……」

自分もすっかり取り込まれている。『魔女の屋敷』に魅了されたのだ。

真希はため息をついたのち、バッグを勢いよく開いて言った。

「お茶しませんか」

スーが目を見張る中、アンナ・マリアのイラストの付いたペットボトルをふたつ取り出し、テーブルに置いた。ミルクティーとレモンティーだ。

魔女はミルクティーをチョイスした。

コンビニで買ったサブレの袋を開けて、テーブルの中央に載せる。

スーが思いがけずにっこり笑った。

「どんな形であれ、お茶会の始まりはときめくわね」

「はい」真希は力強く答えた。「私たち、癒《いや》しが必要ですし」

サブレを食べるサクサクという音が響く。

この屋敷での最後のアフタヌーンティーかもしれない。真希はペットボトルの紅茶をしみじみと飲んだ。優しいレモンの喉越《のど》しが体内に元気をくれる。

そして、この愛らしい部屋が、悩める女たちをそっと包んでくれている。お茶とお菓子だけでなく、この空間こそが癒しを与えてくれるのだ。

やがてスーは、ペットボトルを飲み干して言った。

「その〝時間稼ぎ〟とやらをやってみようかしら。ユンに相談するわ」

十月下旬。秋晴れの空のもと、真希は自然教育園を歩いていた。

「あ、真希さぁん」池の脇にある六畳ほどの広さの東屋《あずまや》から、若槻萌が手を振ってくる。「いい場所、確保できました～」

さすが萌だ。ここなら屋根もあるし、ベンチはたくさんあるし、中央のベンチはテーブル代わりにもなる。真希はリュックと両手の保冷バッグを下ろした。

「すごい荷物ですね」萌はにんまり笑った。「食器類はいろいろ持ってきましたよ」

「ありがとう。みのりちゃんは？」

「池のほうに」

池を横切る通路の中ほどから、みのりが元気よく手を振ってくれる。

「楽しみですぅ、〝プラチナの魔女〟たちにお会いできるなんて」

萌は中央のベンチに手早くシートを敷きつつ、人の往来を油断なく見ている。

「あの黒い服の方でしょうか」

来た。宇津木と一緒に歩いているのは……ユンだ。

みのりが駆けだした。

「ユンさ〜ん」

「あら、みのりちゃん」彼女は真希にも気づき、目を見開く。「どういうこと？」

「こんにちは、ユンさん。今日は私主催のピクニックお茶会なんです」

「宇津木さん、そんなこと一言も」

「言いませんでしたっけ。前屋敷さんから約三ヶ月ぶりに連絡があったと」

とぼける宇津木に真希はそっと目礼した。萌が後ろからつぶやく。

「ほんと、黒ずくめですね。そして美魔女」彼女は自分からずんずん前に出た。「初めまして、前屋敷の後輩の若槻萌と申します。松下優美子さんですね。さあ、どうぞどうぞ、こちらへ」

魔女は訝《いぶか》しげな視線を残しつつ、萌のペースに乗せられて東屋に座った。

宇津木とみのりも椅子に座り、萌から渡されたおしぼりで手を拭《ふ》いている。

「お茶はティーバッグですが、いろいろ用意してあります」真希は小ぶりの箱を開いて中身を見せた。「自然教育園の中で火を使ってお湯を沸かすのはまずいので、高性能のジャーに沸かしたてのお湯を入れてきました」

萌が色とりどりのプラスチックカップを取り出した。

「このカップ、キャンプ用なんですけれどかわいいでしょ。蓋《ふた》もあるので、紅茶を蒸らすのにもってこいです」

真希は後輩を見つめた。

ときおり嫌みは放つが、営業員として優秀であることは間違いない。今日も準備に手間取って時間がなくなったため、ダメもとでみのりのお迎え役を頼んでみた。

――なんて楽しそうなことやってるんですか。ぜひ手伝わせてください
即座に引き受けてくれたばかりか、真希から詳細を聞きだしてピクニック用の食器や雑貨まで持ち込んでくるあたり、本当に気が利く。

辞めちゃうのはもったいないなあ。でも、彼女なら海外でも活躍できるだろう。

ゲストたちが好みのティーバッグを選んだので、真希はカップにお湯を注いで回った。作業をしながら内心はやきもきしている。肝心の彼女は来るだろうか。

萌がさりげなく目配せをしてきた。

砂利道の向こうに黒い日傘を差した黒服の女性が見えた。蒼梧と談笑している。

ユンがいち早く気づき、驚き顔で立ち上がる。

妹を認めたスーも同じ表情で立ち止まり、横の蒼梧を睨《にら》む。

『また不安になって池に入りたくなるかもしれないから一緒に来てほしい』なんて、嘘だったのね」

青年はぺこりと頭を下げた。

「初めまして～。若槻萌と申します。松下寿美子さん、どうぞ、どうぞこちらへ」

スーは萌の勢いに押され、ユンの隣に座った。真希が蒼梧に目線で「ありがとう」と合図すると、彼は胸の前で得意げに親指を立てた。

「どのお茶がお好きですか？」萌がカップをスーに渡す。「私は最近、ディンブラがお気に入りです。香味のバランスが絶妙ですし、ストレートでもミルクティーでも合いますよね～」

スーはユンの手元のカップを見つめ、戸惑いながら言った。

「私は、お茶は結構です。お腹がいっぱいなので」

「では形だけ。ここに置いておきますね～」

萌はさっさと湯とティーバッグを入れ、スーの前に置いた。さすが萌だ、こういう強引なことをさらっとやってまったく反感を買わない。

真希はバスケットを開き、恐る恐る料理を出していく。萌が淡いピンクの花模様の食器に手際よくそれらを並べた。皿のおかげでまあまあ美味《おい》しそうなティーフーズに見えるではないか。

みのりがいち早くサンドイッチに手を出し、頬張る。

「おいし〜」

にっこりと笑ってくれたので安堵《あんど》する。野菜とモッツァレラチーズのサンドイッチは、三回事前練習してようやくうまく作れるようになったものだ。

「それから、これは今日、初めて作ったんですが」

ドキドキしながら、保冷バッグから掌《てのひら》サイズのガラスの容器をいくつも取り出す。

「レモンカードね」

ユンが嬉《うれ》しそうに言った。

「カード？」

みのりが首を傾げたので、ユンが説明する。

「凝固した……固めたっていう意味。イギリスのおやつによく使われるわ」

スーが続きを引き取る。

「卵とグラニュー糖とレモン果汁とバターを入れて、湯煎《ゆせん》しながらよくかき混ぜ、一度こしてからレモンの皮を加えたものなの」

湯煎しながら混ぜる、などという技は真希の調理能力外だったのだが、一度失敗しただけで、トロリとした真っ黄色のクリーム状のものができあがった。それをガラスの器に半分ほど入れ、レアチーズケーキは作れる自信がなかったので買ってきてその上に重ね、上部に生クリームを星口金で絞った。

初心者には無謀とも思える菓子作りだったが、意外にもとても楽しかった。作業の間中、小さなキッチンに甘酸っぱい香りが充満し、これを食べるであろう人々の顔を思い起こしながら手を動かし、顔が自然にほころんだ。

「濃いレモン色と白のコントラストがいい」宇津木がスプーンで一口食べたとたん、しみじみと言う。「実に美味《うま》い」

すでに三口食べたユンも大きくうなずいてくれた。みのりはお代わりしたほどだ。準備の苦労が一気に報われ、幸せな気分になる。ティーフーズを供することで、こんなにも豊かな心持ちになれるとは。

スーをちらと見る。食べたそうな表情。思わず手を出したりしてくれないかな。

「そのほかのパン類はお店で買ったものです。すみません」

宇津木がミニミートパイに手を伸ばす。

「ピクニックティーでは食べやすいものが好まれる。いい選択だ」

みのりはソーセージロールを手に取ると差し出した。

「スーさん、はいこれ」

魔女は薄く微笑みながら手に取ったが、すぐに取り皿に置いてしまった。

「スーさん、ユンさん」宇津木は二杯目のお茶を萌から受け取りながら言った。「あの屋敷の売買契約は成立したのですか」

　スーが答えた。

「前屋敷さんのおかげで、まだなの」

　真希はかしこまって全員を見回した。

「新宿の不動産業者は売買契約を締結させることなく、三ヶ月の媒介契約期間が終了しました」

　蒼梧が手を挙げた。

「新宿の業者はなぜ契約をしなかったんですか。そのための媒介契約ですよね。買い主を見つけられなかったとか、金額が折り合わなかったとか？」

「買い主は都内の中堅どころのデベロッパーに決まっていたわ。価格も売り主買い主両者の希望に沿っていた。でも、買い主が二の足を踏む事態がおきたのよ」真希は宇津木に向かって微笑んだ。「宇津木さんのおかげなんです」

「わたしの？」

「庭で陶磁器を掘り出したでしょ」とスー。「あれ、古いものらしくて」

「あの土地に歴史的埋蔵物が埋まっている可能性が出たから」とユン。「行政に調査してもらうことになったの」

　真希が続ける。

「宇津木さんが見つけた陶磁器を、私が写真に撮っていたのを覚えていますか?」

「キッチンでお茶をしたときだな」

「その写真を見た、考古学に詳しいある人が」元カレだが、それは言わずにおく。

「『室町《むろまち》時代の出土品の文様に似ている。お宝かもしれないので詳しく調べることをお勧めする』と助言してくれたんです」

真希が郷土資料館に問い合わせたところ、歴史のある白金台近辺にはなんらかの形で遺跡の所在が確認されている「周知の埋蔵文化財包蔵地」という土地があるという。松下家の敷地は「包蔵地」外だったが、それらしきものを発見した場合は届出が必要になるためスーに届け出てもらったところ、重要な文化財が他にも埋まっている可能性が出てきて、行政が調査をすることになったのだ。

「調査は最短でも数ヶ月かかります。もし土中からざくざくと埋蔵文化財が出てきたら、さらに長引きます。その結果が出ないうちは、買い主は購入に踏み切れません」

「なるほど。そうこうするうちに新宿の会社の媒介契約は期限が切れたわけだ」

「調査はまだ続いています。ざくざく、というほどでもなさそうですが、なにしろ土地が広いので時間がかかります。専属専任媒介契約は三ヶ月ごとに締結されますが、一昨日《おととい》でその契約は切れました。当然、サムの営業員は契約を更新しようとしたのですが、それは私が阻止しました」

宇津木は珍しく楽しそうな表情を作った。

「強引に？」

「穏便に、です。もちろん」

「そのことは私も不思議だったのよ」ユンが言った。「昨日母に会いに行ったら、媒介契約はもうやめたって言ったの。どうしてって聞いたけれど、そのうち話すからととぼけられて」

真希は魔女たちに向かって頭を下げた。

「すみません。実はお母さまにお会いしました」

「どうやって？」

「まあ、蛇の道は蛇で」

真希はチラリと萌を見る。彼女はまったく素知らぬ顔だ。

八月上旬に契約が先延ばしされたあと、ユンが母に、別の不動産屋の話も聞いたらどうかと何度も言ってくれたが、もう決めたことだからと突っぱねられた。

そこで思い出したのが、若槻萌が以前に言っていた言葉だ。

――服部様、先月施設に入られたのでそっちへ行くんですよ。知ってますぅ？　ビューティフルライフ南麻布
真希の元顧客が高級老人ホームに住んでいることを思い出し、サムの営業員の姑息《こそく》

な手法をそっくり真似てやった。萌にくっついていって施設内に入り、松下純子さんとお近づきになったのだ。

「知らなかったわ。お母さんたら、なにも言わないから」

「私とお母さまの間でちょっとした決めごとがあったものですから」

「決めごと？」

真希はバッグから紙片を取り出した。古い写真だ。

「……それは！」

スーが勢いよく立ち上がった。

ユンもあっと声をあげる。

「それ、前に話していたお茶会の写真ね」

セピア色の写真には、三つ編みをした愛らしい五、六歳の双子が並んでちょこんとソファに腰かけ、まったく同じ角度で紅茶のカップを持ち上げて飲もうとしている様子が写っていた。

「あのあとアルバムを見てみたのだけれど」ユンがため息をついた。「見つからなかったのよ。母が持っていたのね」

スーは青い顔で座り込みながら、つぶやいた。

「母から、なにか聞いたの？」

真希は静かに答える。

「皆さんの前でお話ししても、よろしいでしょうか」

全員がスーを見ていた。

彼女はやがて、小さくうなずいた。

真希は一度目を閉じて深呼吸すると、話を始めた。

黒いサテンのシャツと黒のフレアスカートを身につけ髪を黒々と染めたそのご婦人は、ゆったりした動作と深い皺《しわ》以外は双子によく似ている、と真希は思った。

高級老人ホームの二階のテラスに座り、二人は庭を眺めていた。

「偶然ねえ。私の娘たちを知っていらっしゃるなんて」

「友人に誘われてお茶会に出席したのがきっかけなんです」

嘘ではない、と真希は自分に言い聞かせた。

「お茶会が再開されたなんて、とっても嬉《うれ》しいニュースだわ」

眼下の庭では、ピンクのワンピースの老婦人と若槻萌が談笑していた。萌はこちらに気づきもしないそぶりだ。姑息ついでに、自分が不動産屋であることはひとまず松下純子さんに言わずにおくことにした。

ローテーブルに置かれたティーカップを真希はソーサーごと左手で持ち上げ、右手で取っ手を慎重につまみ、一口飲んだ。

「アッサムのミルクティーですね。とても美味《おい》しいです」

松下純子は満足そうにうなずき、自分もカップを持ち上げる。

「あの子たち、意地っ張りでしょ」

はい、お母さまに似て。

「お二人ともとても優しいです。お茶にまつわる様々なことを詳しく教えてくださり、丁寧に接待してくださいました。それにあの邸宅はドローイングルーム、コンサバトリー、キッチン、どこもかしこも素晴らしくてうっとりします」

双子の母は気軽な感じで肩をすくめた。

「私の祖父が造り、戦時中は母が決死の覚悟で守った建物なの」

太平洋《たいへいよう》戦争の末期、東京も大空襲に見舞われた。純子の父は従軍しており、母は屋敷を守るため、疎開せずに白金台に住み続けた。

「私は二十歳で、当時、母から結婚を反対され駆け落ちして目黒に住んでいたのだけれど」

純子は大空襲の夜を借家の近くの防空壕《ぼうくうごう》でまんじりともせず過ごし、翌朝、心配になって屋敷まで出向いた。純子の母は頭からずぶ濡《ぬ》れのまま、水の入ったバケツをいくつも従え、玄関前で仁王立ちしていた。一晩中その姿勢で過ごし、焼夷弾《しょういだん》が落ちて来たら消火するつもりだったという。

「豪胆な方ですね」

「頑固で、こうと決めたらぜったいに曲げないの。まあ」彼女は快活に笑った。「その性格はずっと受け継がれているようですけれど」

　真希は穏やかに首を横に振っておく。

「終戦の二年後に寿美子と優美子が生まれて、母もようやく結婚を許してくれたわ。もっとも、主人が松下の姓を名乗ることが条件でしたけれど」

「ご主人は家具を造られていたとか」

「純朴な人だったわ。口数が少なくて、いつも穏やかに微笑んでいるような。でも、なかなかいい男だったのよ。職人としての腕もぴか一で」

「お屋敷内の家具も、ひょっとして」

「祖父が揃えたものが多いけれど、子供部屋の家具などは主人の手造りね」彼女は微笑んだ。「ちょっと仰々しい屋敷だけど、私はあそこが大好きだわ。古い建物の管理は大変ですけれどね。おまけに、今やあの界隈《かいわい》であんなに広い敷地はうちくらいのものだそうで、不動産屋が入れかわり立ちかわり『売らないか』と来たものだから、門前払いも大変で」

真希は内心の気まずさを隠しつつ、そうなんですかとうなずく。

「でもね、八年くらい前に、なんとかいう不動産屋の営業員が尋ねてきて……荒川さんと言ったわねえ」

荒川。それは、かつてミノベ不動産にいた優秀な営業マンの名前だ。

「ずっと居留守を使っていたのに、ある日、門の前で鉢合わせしてしまって……四十代くらいの穏やかそうな人だったわ。よく見ると亡くなった主人にちょっと似ているなあ、なんて思って」

つい応接間に通して、いつの間にか自分の身の上話を二時間もしてしまった。

「そうしたらその人、『ここを手に入れるのはあきらめます』って言ったの」

「松下さんの決意が固かったからですか」

「それがね、彼、自分の話を始めたのよ」

――実家の農家を継いで頑張っていた兄が難病にかかってしまいまして。性格が合わずケンカばかりしていたんですが、いざそうなると心配で……この仕事が好きで東京にずっといたかったので、故郷に戻るかどうか悩みました
「彼、こう続けたわ」

――自分で賭《か》けをしていたんです。この土地の開発がうまくいったらもう少し東京

で頑張ろう。でも失敗したら帰ろうと

「思わず『失敗は私のせいかしら』と謝ったら」

――奥様が『双子の子供たちのためにここを守っている』とおっしゃったのを聞いて、私も仕事より家族を取る決意を固めました。実家の農業を継いで、兄の面倒をみます。会社には兄のことを話したくないので自己都合で退職することにしますし、今後こちらに営業が来ないよう対処しておきますから、ご安心ください

「そんなことを言われたら、私ももっと頑張らなきゃって思うじゃない。それで、ずっと屋敷を守ってきたのだけれど……」

彼女はふっとため息をついた。

真希は迷ったが、思い切って聞いてみた。

「松下さんはその営業員に『双子の子供たちのために』屋敷を守っているとおっしゃったんですね。それには特別な意味があるのでしょうか」

双子の母はじっと見つめ返してくる。

「あなた、なかなか鋭い方ねえ」

初対面なのに立ち入りすぎただろうか。しかし彼女は一拍置いたあと、もの悲しげに言った。

「実は双子の片方に、不幸なことがおきましてね」

真希は顎《あご》を引く。

「寿美子さんから少しお伺いしています。事故のこと」

「だったら話は早いわね」純子はゆったりと背もたれに身体を預けた。「あなたも聞き上手ねえ。荒川さんに勝るとも劣らないわよ」

真希は内心に冷や汗をかきつつ、いえいえとかぶりを振る。

「彼にもこの話をしたのだけれど、あの子たちが小学四年のときにね……」

借家から白金台に一家で移って間もなくのことだった。転校したての小学校でなにかあったらしく、二人は激しく言い合いながら帰ってきた。

――スミなんかいなくなっちゃえ！

――ユミこそ、どこかいってよ！

「〝スミ〟〝ユミ〟ですか？」

「小さい頃はそう呼んでいたのよ。そういえば、いつの間にか〝スー〟〝ユン〟になったわねえ」

「話の腰を折ってすみません。二人はなぜケンカしていたんですか」

その晩、母の布団にユンが潜り込んできて打ち明けた。姉が隣のクラスの男子に冷たい態度を取ったのでそれを指摘したら、すごい剣幕で怒りだしたという。

「スーは普段は優しい子なのだけれど、ときおりものすごく頑固になるの。そのときもたまたま虫の居所が悪くて、妹の言葉が面白くなかったのでしょう」

母は、双子がすぐに仲直りすると思っていた。ところが三日経っても互いに口をきかない。甘え上手のユンは再び相談にきたが、スーはなにも言ってこない。

「それである日の午後、普段はお客様用にしか使わないドローイングルームにスーを呼んで、お茶を飲んだのよ」

「アフタヌーンティーですね」

スーはめったに入れない応接間を嬉しそうに眺め、紅茶とスコーンを堪能《たんのう》した。

「私の母はなんでも本格的なことが好きで、英国流アフタヌーンティーを盛大に開いていました。どちらかというと簡素なものを好む私も、正統派のお茶会は好きで、娘たちにも受け継いでほしいと思っていたの」

お茶会の終わりに、母はカードを渡した。一緒にお茶を飲みたい人を連れてきてい い、という招待状だ。受け取ったスーは、ためらいながら「でも」と言った。

母は告げた。

——美味しいお茶とお菓子、そしてこの空間が、きっとあなたを後押ししてくれますよ
「二人はじきに元の仲良しに戻ったわ。私が声をかけると揃ってお茶を飲みにきたので、あの招待状は特に必要なくて、スーもその存在を忘れてしまったのだと思ってい

た。でも、違ったんです」

双子は長じてそれぞれの生活が忙しくなり、たまに連絡を取りあう程度の仲になって月日が流れた。

「二人が四十歳のときスーの結婚が決まって、親戚《しんせき》一同を招待するお茶会を開くことになったの。スーがホステスを務めるはずでした」

その日の朝、彼女は母に小四のときにもらったカードを見せながら告げた。

——自分がこだわっていたことから脱却したから、これをユンに見せて、改めて彼女と一緒にお茶を飲むわ
「その招待状をまだ持っていたことには驚きましたけれど、私はとっても嬉《うれ》しかったわ。そして、スーはこれも見せてきたの」

母は手元の小さな黒いバッグから大事そうに紙片を取り出した。幼い双子のアフタヌーンティーの写真。

「かわいいでしょ」目を細める。「実はこれ、母親の私もどっちがどっちか区別がつかないくらいそっくりに写っているの。大好きな写真なので、ここに移る際に持ってきちゃったわ」

皺《しわ》だらけの手で優しく写真の二人を撫《な》でる。

「そのとき、スーは嬉しそうに言ったの」

――これが自分を前に進めさせてくれたのよ

「どういう意味か聞くと『それはあとのお楽しみ』と笑ってた。だけど」

事故が起きて、お茶会どころではなくなった。

「スーは不安定になってしまって……当然よね。私もときおり体調を崩しました。それでユンが日本に戻ってくれた。だから私、ユンに言ったのよ」

――スーはあのお茶会の日の朝、あなたを改めて招待するつもりでいたの。今は落ち込んでいるけれど、きっとそのうち立ち直ってあなたをお茶に誘う日が来ると思うから、そうなったら、二人で力を合わせて生きていってね

しかし、あの事故以来、お茶会が開かれることはなかった。

「私も言い出しにくかったの。スーがあの日を思い出してしまうことが心配で。だから、彼女が自分から開いてくれることがベストだと思っていた。私は、二人がこの写真のように仲良くお茶を飲むのをずっと待っていたのよ」

「それが、『双子の子供たちのために』屋敷を守るということだったんですね」

彼女は穏やかに微笑んだ。

「あなたがお茶会に参加されたと聞いて安堵《あんど》しています。あの子、ようやく前に進み出したのね」

真希は慎重に言葉を紡ぐ。

「カードには『次回のお茶会にごしょうたいいたします。あなたが大切に思う方をおつれください』と書いてありましたか？」

彼女は身を乗り出す。

「ええ、まさにそれよ」

同じ文面のカードを、みのりという少女はスーから、自分はユンからもらったと話すと、母は明るい顔を見せた。

「では、スーはユンにあのカードを見せて一緒にお茶を飲んだのね。よかった。ユンったら、頻繁に来るわりにそういう大事なことは言わないんだから」

「それが、実はそうでもないようでして」

真希は遠慮がちに、クローゼットのデスク上に、母の双子への思いが詰まったカードが挟まれたままであることを告げた。なにしろ視力がいいので、文字までしっかり見えていたのだ。

「お二人は同時にお茶を飲まないと、お茶会のメンバーが言っていました」

母はあからさまに落胆の表情を見せた。

「スーはお茶会を開くことができたのに、なぜユンを誘わないのかしら」彼女は一度口を引き結んでから、続けた。「実は、娘たちからお聞きかどうかわかりませんが、あそこを売却する予定でして」

故郷に帰った荒川は、時候の挨拶《あいさつ》のハガキを毎年送ってくれていた。

「この夏の暑中見舞いに『兄が長年の闘病生活の末に旅立ちました。精一杯やったつもりですが、自分の無力さを痛感しました』とあって、私もふと弱気になったのよ。私がしていることは本当に子供たちのためなのかしらって」

スーはしばしば家から出られなくなるし、ユンは逆にあまり寄り付かない。あの屋敷の存在が二人を苦しめているのではないか……悩んでいる矢先、知り合った不動産営業員にくどかれ、売却を決めてしまったという。

風がさあっとテラスを吹き抜け、双子の母はふっと目を閉じた。

「たまに思うわ」彼女は目を瞑《つぶ》ったまま続けた。「母も私も、そして子供たちも、あの家に魅入られているのではないかと。祖父が精魂込めて造った屋敷には特別な魔法がかかっているのかもしれないって」

「……魔法、ですか」

真希はお茶を飲み干すと姿勢を正し、しみじみと告げた。

「何回かおじゃまさせていただいただけの私が言うのも僭越《せんえつ》ですが、あの屋敷には、人を前に進ませてくれるステキな魔法がたくさん詰まっていると思います」

秋の陽射しがさんさんと降り注ぎ、二人を優しく包んでいた。

婦人は目を細めて真希をじっと見つめていたが、ふいに顔を輝かせた。

「ねえ、あなた。なんとおっしゃったかしら」

「前屋敷です」

「いいお名前ねえ。ご先祖様は屋敷を見守るお仕事をされていたのかしら」

「そんなこともあるかもしれませんが、定かでは」

「前屋敷さん、あの屋敷を見守ってくださらないこと？」


魔女たちは啞然《あぜん》とした表情を浮かべていた。萌がこちらを見ずにつぶやく。

「まさかの、荒川さん」

真希はそっとうなずくと、双子に向かって言った。

「スーさん、ユンさん、私はお母さまから屋敷を見守ることを依頼されました」

「あたしも守る！」みのりが手をあげた。「魔女のおうち、守ります」

「ボクも手伝いますよ」蒼梧が真剣にうなずく。「たまにしか来られないけど、掃除とか、できそうなことは言ってください」

宇津木もぶっきらぼうに言った。

「わたしも庭の手入れを再開させる。なんなら室内の修繕も学んでみよう」

真希は微笑んだ。

「ありがとう、みのりちゃん、蒼梧くん、宇津木さん。でもお母さまが私に依頼したのは、そういうことではなかったの」

真希はバッグからカードを取り出した。

「ユンさんが私にくださった招待状です」スーに向けて文字面を見せる。「私がスーさんを招待します。だから、ここで一緒にお茶を飲んでください」

スーは、すっかり知っているはずの文章を凝視しながらつぶやいた。

「ユンが、前屋敷さんに、これを……」

ふいにユンが言う。

「いいのスー、無理しなくて。私とはお茶を飲みたくないのよね。理由はわかってる」

スーの顔が不安と緊張を織り交ぜたようにこわばる。

ユンは顔を歪《ゆが》めたのち、一気に言葉を吐いた。

「あの日、私が遅れなければ彼が事故に遭うことはなかった。スーは私を恨んでいるのよ」

スーが弾《はじ》かれたように立ち上がった。

「そんなこと！」

「みんな、私のせいで事故が起きたって思ったはず。母も、親戚《しんせき》たちも」ユンは両手を握りしめ、下を向いた。「だって、私がそうだから」

　スーは絞り出すように言う。

「私は、一度も思ったことない」

「じゃあ、なぜ私をお茶に誘ってくれないの」

「……それは」

　ユンは、思い起こすような表情を浮かべる。

「お茶会は私たちにとって……少なくとも私にとってはずっと特別な時間だった」

　小さいころは母が招待してくれる、わくわくする家族のひととき。

　中、高、大学では互いに部活や勉強で忙しかったが、たまに時間ができると二人だけでこっそり楽しんだ。

「応接間で、温室で、子供部屋で、当時はきれいだったお庭で。たくさん話しながらお茶を飲んでお菓子を食べたよね。大人になって、海外でいろんな場所でいろんな人とお茶を飲むたび、スーとのお茶会を思い出していたよ」

　スーの顔は青ざめていた。ユンは低い声で続ける。

「あんな事故があって……でもお母さんが言ったように、スーが立ち直って私をお茶に誘う日が来てほしいと、ずっと願っていた」

　そして昨年の暮れ、スーは宇津木を連れてきてお茶会を開いた。

「たまたまあの日は屋敷にいて、スーがお茶会の準備を始めたのを見て本当に嬉《うれ》しかった。また一緒にお茶が飲めるって」ユンは泣きそうな顔でつぶやいた。「でもスーは『一緒に飲もう』って声をかけてくれなかった」

「……それは」

スーは俯《うつむ》いてしまった。

緊迫した沈黙が続いたのち、真希が静かに言った。

「スーさん、小学四年のときに招待状をユンさんに見せなかったのは、結局すぐに仲直りしたから必要なかったと考えられるんですが、なぜ三十年経ってからそれを見せる気になったんですか」

スーは下を向いたままだ。真希は続ける。

「不幸なことが起きてユンさんに見せる機会は失われた。でも、その後も机のマットにずっと挟んでいらっしゃいますよね」

「……ずっとでもないわ」スーがつぶやく。「今年の初めからよ」

「スーさんにとって、お母さまの招待状はなにか特別な意味があるのでしょうか」

ユンが吐き出すように言う。

「きっと、私への恨みを忘れないためのアイテムなのよ」

「違う！」

「さっきの前屋敷さんの話によれば、あの日の朝までは私に見せるつもりだったたってことよね。でも、事故が起きた……」ユンは辛《つら》そうに続ける。「招待状をデスクに挟んだのは、宇津木さんが来てお茶会が再開されたころだった。それは、私とはもうお茶を飲まないっていう意思表明だったんじゃない？」

「……違うのよ。本当にユンを恨んでなんかない」スーは打ちひしがれていた。「悪いのは……私なの」

全員が固唾《かたず》をのんで彼女を見つめた。

スーは、決意したように顔を上げた。

「招待状をユンに見せられなかったのは、彼が……私を一人の松下寿美子として明確に区別してくれた人が、いなくなってしまったからなの」

「……どういうこと？」

真希がそっとスーのそばに行き、彼女を座らせた。

しばらくして、スーはようやく話しだした。

「私、自分に自信がなかったの」

それにはっきりと気づいたのは小四のときだった。

白金台の小学校に転校してきて間もないある日の放課後。一組のスーは、三組のユンが体育委員の集まりから帰るのをユンの教室で本を読みつつ待っていた。そこへ二組の男の子が現れた。

「その子に廊下の隅っこに連れていかれて、封筒を差し出されたわ」

——ユミちゃん、これをスミちゃんに渡してよ
「……えっ？」若槻萌がいち早く声をあげた。「好きな本人に向かって、手紙の橋渡しを頼んだってことですか」

スーはうなずいた。

「私、すっかり動揺してしまった。その子、私の目をしっかり見ながら言ったのよ」

——教室で読書している姿がステキだなって思っているんだ。僕、もうすぐ転校するから文通したいんだ。頼むよ、ユミちゃん、双子だろ
「その子、完全にアウトですね」

萌が眉根《まゆね》を寄せながら言うと、スーは唇を噛《か》んだ。

「即座に断ったわ。でも、その様子をユンのクラスの子に見られていて」

「……ごめん」ユンは大きく開けていた口を閉じて、言った。「そうとは知らずに、スーをからかった」

「私だって、もしユンがラブレター渡されたって聞いたらなにか言ったと思う。でもね、私があんなに怒ったのはユンがからかったからじゃない。ううん、怒ったんじゃなくて、恐くなったの」

二人で一対。

スミとユミ。

このままずっと、私は、ユミとの対比で生きていくんだろうか。

「それまでは双子であることになんにも疑問を持たなかった。ユンが大好きだからいつも一緒にいて幸せで、お揃いの服を褒められたり、『いつも仲良くていいね』と言われたりして嬉しかった。でも……」

自分を優美子だと決めつけて見つめる少年の紅潮した顔は、ずっと脳裏から離れなかった。

「母がお茶に誘ってくれて応接間で飲んで、気持ちは落ち着いたわ。でも、そのあと素直にユンに招待状を見せられなかった。それは小さな意地とか照れとか、そんな些《さ》細《さい》なことだったと思う。前屋敷さんのおっしゃるとおりそのうち仲直りしたので、招待状の存在も忘れてしまっていたわ」

だが、スーのモヤモヤした気持ちはその後も続いた。

「ちょうど自我が強くなってきた年頃だったせいもあるけれど、『双子の片割れのスミちゃん』とか『一対のうちの一人』じゃなくて『私は私』と思いたくなったのね」

この世でたった一人の松下寿美子という人間を、ちゃんと認めて！

「そういえば」ユンははっと顔を上げる。「そのころから〝スミ〟〝ユミ〟じゃなくて、

〝スー〟〝ユン〟にしようって、スーが言いだしたよね。いっつも『スミユミ』ってまとめて言われるのが嫌だからって」

スーは辛そうに顔を歪《ゆが》めた。

「呼び方を変えても私のモヤモヤは続いたわ。そして、そのうち気づいたの」

『私は私』と思いたいくせに、実は、自分自身がいつも妹と比べていた。

「ユンは勉強ができて活発でみんなのリーダー的存在。私にはそういうことができない。自信を失ったわ」

「私こそ」ユンは目を見開く。「聡明《そうめい》で大人っぽいスーが羨《うらや》ましかったよ。『お姉ちゃんは高嶺《たかね》の花だからせめて妹と仲良くしようかな』なんてからかわれたこともあったくらい」

「そんなはずないわ。私こそ『あのユミちゃんのお姉さんだよね』っていつも言われてた……」

少しの沈黙のあと、蒼梧が静かに言った。

「きょうだいって、たとえ性格が違ったとしても、周囲は比較して見てしまうものです。ましてや双子なら、どうしても比べて考えたくなっちゃいますね」

「そうだな」宇津木がつぶやく。「比べた側に悪気がなかろうと、比べられた側は傷ついてしまうものだ」

スーは、しょんぼりと続けた。

「比べられたくないって気持ちは、大人になって生活が別々になったころには小さくなったわ。でも、ユンが海外でバリバリ活躍し始めると『それに引き換え私は』という思いがいつもあった。二人一緒の写真を見た人が『どっちがどっちかまったくわからない』と言ったりすると、モヤモヤがぶり返したわ」

長い間、『私は私』と胸を張ることができなかった。

だが三十代後半になって、そんな不安を払拭《ふっしょく》してくれる人が現れた。

「あの人、小さな二人のお茶会の写真を見て、一目で私を見分けてくれたのよ」

真希は手元の写真を皆に見えるように掲げた。愛らしい、そっくりの双子。

「彼、迷わず私を指して言ったの」

──こっちが寿美子さんだね。すぐわかるよ
「そんな人、初めてだった。私は『スー、ユンのうちのスー』じゃなくて、ただの『スー』になったと実感できた」救われたような表情を浮かべる。「その写真を見ていたとき、母がくれた招待状も偶然引き出しから見つけたの。いい機会だから、結婚披露のお茶会の席で招待状をユンに見せて、自分の中のわだかまりが消えたことを伝えようとしていたのよ。だけど、あの日も……」

彼がユンを表門まで迎えにいくと申し出たとき、自分が行くと言いだせなかった。

ユンはどんな顔をして、遅まきの結婚に臨む姉を見つめるのだろう……

「百パーセント自信をもって『私は私』って思えていなかったのね。彼とユンが先に会ってくれればなんとかなると、二人に甘えてしまった」

そして事故が起き、スーの芽生えかけた自信はぺしゃんこにつぶれてしまった。

私はダメな人間だ。引きこもりにもなって、ユンはこんなお荷物の姉を呆《あき》れているに違いない。

招待状は仕舞い込まれ、月日が流れた。

「前に進ませてくれたのは、宇津木さんでした」

庭園美術館のカフェの窓に映った彼は、まるで事故当時の自分のようだった。大切な人を失い、途方に暮れた表情……

もし彼と三回会ったら、それは偶然ではなく必然。だから彼をお茶会に招待しようと決めた。宇津木さんを癒《いや》すため、そして自分を整えるために。

「そうしてお茶会を開くことができた。すごく大きな一歩だったわ。でもそのとき、ユンに声をかけるタイミングをなかなかつかめなくて……そのうちユンは応接間から出ていってしまったでしょ」

ユンは下を向き、つぶやくように言った。

「声がかからないから、やっぱりスーは私を恨んでいるって思って、いたたまれなくて」

スーが懸命な様子で言う。

「恨んだことなんて、一度もないからね」

「うん」ユンは唇を噛んだ。「考えてみればスーはそういう人だよね。でも、はっきりさせるのが恐くて、その後も屋敷に長くとどまることを避けてた」

「私も、招待状をユンに渡そうと何度も思ったけれど」

まずはみのりちゃんに新しい招待状を作って渡した。スーにとってはかなりの前進だったが、ユンのそっけない態度に次の一歩が踏み出せず、自分に自信が持てないまま、母の招待状はデスクに挟まれたままになった……

ユンは困惑顔で言った。

「私もデスクの古いカードは見ていたけれど、お祖母《ばあ》さまの思い出の品かな、くらいに思っていて、スーにとってそんなに重いものだとは知らなかった。だから」

スーが招待状をみのりに渡したのを見て、ユンも文面をまねて作ってみた。

「あれがあれば私からスーに声をかけられるかも、って」

だが、拒否されるのが恐くて渡せぬまま二ヶ月ほど過ぎたころ、真希がみのりとめいかのお茶会のホステスを立派に務めたので、カードを真希に渡してあげた……

「ではこれは」真希は、招待状を二人に向けた。「もともとはユンさんがスーさんのために作ったものだったんですね」

「巡り巡って」宇津木がつぶやいた。「見事に二人を引き合わせたな」

ユンの顔が歪み、泣きそうな表情になる。

真希は、ゆっくりと招待客たちを見まわした。

蒼梧。みのり。宇津木。萌。スー。ユン……。

私たちは時にぶきっちょだ。身近な人にほどうまく伝えられず、すれ違う。きちんと言葉を発するには、小さくてもいい、強い勇気が必要なのだ。

真希は手元のカードを見つめ、そっとなでた。

「この招待状は……お茶会へのお誘いは、不器用な私たちを後押ししてくれる、優しい魔法なんですね」

スーが顔を上げ、そっと隣の妹を見た。

「私が言い出せないばっかりに、ユンを苦しめてたのね。ごめん」

「私こそごめん」ユンは首を横に振る。「スーを信じて、もっと早くに声をかければよかった」

「ユンとのお茶会は私にとっても大切な宝物よ」スーはささやくように言った。「あんなきらきらした時間をもう一度過ごしたいって、ずっと願っていたわ」

鳥の声や木々のざわめきが、ピクニックお茶会をそっと包んでいた。青空のもとで、招待客たちの心はゆるやかに解放されていく……

真希は自分のカップをそっと持ち上げた。

「私は、地面師にだまされて会社に損失を与えました。その挽回《ばんかい》をしようと躍起になっているときに、たまたまスーさんたちの土地の存在に気づきました」

みのりのおかげで屋敷に入ることができ、蒼梧、根岸綾子、めいかの悩みを聞く機会を得た。スーや宇津木が必死に悲しみと闘っていることも知った。

「魔女の屋敷で、いろいろなことを学びました」

自分の心を整える術《すべ》を知った。

差別ではなく、きちんとひとつひとつに向き合い区別することを再認識した。

日々の観察力を高めていれば、思いがけない奇跡が起きることにも気づいた。

「それから、時間をかければ運命の石は適切な場所に置かれることも教わりました。全部、スーさんユンさんのお茶会のおかげです」

真希はスーとユンをじっと見つめる。

「最初はまったく見分けがつきませんでした。たぶん私も『双子のうちの一人』としてお二人を無意識に並べて見ていたから。でも、一人のスーさんと一人のユンさん。それぞれにきちんと向き合えば、お二人の違いははっきりわかります」

真希は自信をもって告げた。

「どちらも私にとって、かけがえのない〝三杯目のお茶〟の相手です」

風がざあっと森を揺らし、緑のにおいを運んでくる。お茶会のメンバー全員が、二人の魔女を柔らかい眼差《まなざ》しで見守っていた。

ユンの肩が、スーの肩にそっと触れた。

二人はふいに見つめあい、同じタイミングで相好を崩す。

「私たち」スーは言った。「おんなじように意地を張っていたのかも」

「だね」ユンが答えた。「なにしろ双子だから」

真希は招待状を掲げた。

「改めてお二人を招待します。一緒にお茶を飲みましょう」

スーとユンは全員を見回し、揃って恥ずかしそうにうなずく。

柔らかい笑みがスーさん。快活な笑みがユンさんだ。

みのりが、カップを前に突き出して叫んだ。

「かんぱい！」

「いや」宇津木が止める。「そもそも乾杯とは器の酒を飲み干すという意味がある。紅茶は一気飲みするものではない」

「じゃあ、なんて言うの？」

全員が様子を窺《うかが》いあったのち、蒼梧が言った。

「Come, let us have some tea and continue to talk about happy things.」

みのりが首をかしげる。

「お茶の格言だよ」

――さあ、お茶とともに幸せなことを話し続けよう

「いいですねぇ」

萌がカップを高く掲げながら、にこやかに告げる。

「Let us have some tea!」

スーとユンは見つめあい、微笑みあった。

「お茶、飲みましょうか」

「いいね」

互いにカップを目のあたりまで持ちあげ、二人はお茶を飲んだ。

ゲストが帰ったあと、萌に片づけを手伝ってもらった。彼女は首をふりふり言う。

「うちの会社の元営業員が絡んでいたとは、びっくりです」

「〝プラチナの魔女〟なんて絶妙なネーミングだったわね。すっかり振り回されたわ」

「でも不動産営業って普段はゴリゴリ現実的な交渉をしているくせに、土地や建物の都市伝説を妙に信じがちですから、営業の阻止には効果絶大でしたね」

確かに。

萌がティーグッズを段取りよくバッグにしまうと、真希と対峙《たいじ》した。

「松下純子さんとはこれから交渉されるんですか。真希さんのことだから『荒川さんの後輩です』って白状しちゃったんでしょ」

相変わらず鋭い。

「まさにそうなんだけど」真希は荷物を抱えると東屋を出て、抜けるような青空を見上げた。「双子が一緒にお茶を飲むようになったら、もうしばらくはあの屋敷をそのままにしておきたいそうなのよ」

萌は目を剝《む》く。

「じゃあ」

「若槻さんよりも早く会社を辞めることになるかもしれないわ」

「辞めて、どうするんですか」

まだ決めていない。真希は歩きながら微笑んだ。

「喫茶店でバイトでもするかなあ」

萌は追いかけてきて言った。

「考え直したほうがいいですって。真希さんは不動産営業しかできないですから」

「じゃあ実家に戻って、地元の不動産屋に雇ってもらおうかな」

「いやもったいないでしょ。ちょっと真希さん、待ってください」

携帯が震えたので立ち止まる。見知らぬ番号だ。

『根岸綾子と申します。その節はお世話になりました』

キーマン茶の缶を握りしめた根岸の顔が思い浮かび、驚いた。五月のコンサバトリーでのお茶会以来、なんの音沙汰《おとさた》もなかったのにどうしたのだろう。

彼女は遠慮がちな声で言った。

『ミノベ不動産は世田谷の土地も扱いますか？』

唐突だ。

「もちろん喜んで」

『実は、三ツ谷さんのご主人のお父様が亡くなられたんです』娘さんが通う中学のPTA会長の夫か。『相続の関係で土地を売りたいんですって。かなり広い敷地だそうで、私がミノベ不動産の営業員を知っていると言ったら、そこなら間違いないだろうから紹介してほしいと』

「それはありがとうございます。いつでもお伺いしますよ」

さすが都内有数のデベロッパーの知名度は高い。人はブランドで選ぶこともある。そのことを否定してはいけないだろう。

しばしの沈黙ののち、根岸は言った。

『スーさんからいただいたキーマン茶は会長から絶賛されましたし、他の役員の方も満足してくれました。でも、私は好きだと思えませんでした。前屋敷さんがくださったメグドロの「マイ・カップ」のほうが、美味《お い》しかったです』

「お好みは人それぞれです。自分がいいと信じたものを選べばよいのだと思います」

『だから私も……いえ』

根岸綾子はなにか言いたそうだったが、アポの日時を決め電話を切った。

真希は萌に説明し、引き継いで担当してくれるよう頼んだ。

「来年の春までは働くんだったわよね。だったら契約の目処《めど》はつけられるでしょ」

萌は鼻を鳴らした。

「私なら年内にまとめます。でも、これは真希さんがやるべきです」

「部長から営業で動くなと言われているからね」

「そんなの無視。結局は、やったもん勝ちですから」

さすが萌、したたかだなあ。

真希は、緑の香りが混ざった秋の空気を思い切り吸い込んだ。

ひょっとしたら根岸綾子さんはこう言いたかったのかもしれない。

――私も、社名ではなく前屋敷さんがいいと信じたから、会長に推薦したんです
「なんてね」

「なんですか、真希さん」

「独り言よ」

真希は、砂利道を大股《おおまた》でずんずん進む。

「本当に辞めちゃうんですか。実は結婚するとかですか」

「いや、まったく」

萌が、早足の真希に追いすがる。

「実家に帰っちゃったら、魔女の屋敷を見守ることができないじゃないですかぁ。魔女の母に頼まれたんでしょ」

「あ、そうか。じゃあこのあたりで紅茶の美味しい喫茶店でも開くかな。いくらか資金提供してくれる気ない？」

本気で心配しているんですけど、とまとわりつく後輩とともに、真希は大都会の中の森を元気よく歩いた。

為《な》せば成る。前に進め。

主な参考文献

『お家で楽しむアフタヌーンティー　ときめきの英国紅茶時間』
Cha Tea 紅茶教室／坂井みさき（河出書房新社）
『名画のティータイム　拡大でみる60の紅茶文化事典』Cha Tea 紅茶教室（創元社）
『仕事と人生に効く　教養としての紅茶』藤枝理子（PHP研究所）
『英国式アフタヌーンティーの世界　国内のティープレイスを訪ねて探る、淑女紳士の優雅な習慣』
藤枝理子（誠文堂新光社）
『しあわせ紅茶時間　一杯のティーからひろがる』斉藤由美（日本文芸社）
『セレンディップの三人の王子たち　ペルシアのおとぎ話』竹内慶夫・編訳（偕成社）
『スリー・カップス・オブ・ティー　1杯目はよそ者、2杯目はお客、3杯目は家族』
グレッグ・モーテンソン／デイヴィッド・オリヴァー・レーリン／藤村奈緒美・訳（サンクチュアリ出版）
『スコットランド・ミステリー　運命の石』ナイジェル・トランター／杉本優・訳（大修館書店）
『スコットランド全史　「運命の石」とナショナリズム』桜井俊彰（集英社）

本書は書き下ろしです。
目次・章デザイン／青柳奈美